欣赏别人才能超越自己

XINSHANG BIEREN CAINENG CHAOYUE ZIJI

王国军 主编

江西教育出版社

JIANGXI EDUCATION PUBLISHING HOUSE

图书在版编目（ＣＩＰ）数据

欣赏别人才能超越自己 / 王国军主编 . -- 南昌：江西教育出版社，2015.7（2019.7 重印）
　　（悦读文库）
　　ISBN 978-7-5392-8212-1

Ⅰ．①欣… Ⅱ．①王… Ⅲ．①散文集－中国－当代
Ⅳ．① I267

中国版本图书馆 CIP 数据核字（2015）第 165205 号

悦读文库

欣赏别人才能超越自己
XINSHANG BIEREN CAINENG CHAOYUE ZIJI
王国军／主编

江西教育出版社出版
（南昌市抚河北路 291 号　邮编：330008）
各地新华书店经销
日照教科印刷有限公司
720 毫米×1000 毫米　16 开本　13 印张　字数 165 千字
2015 年 8 月第 1 版　2019 年 7 月第 2 次印刷　印数10000 册
ISBN 978-7-5392-8212-1
定价：26.00 元

赣教版图书如有印制质量问题，请向我社调换　电话：0791-86710427
投稿邮箱：JXJYCBS@163.com　来稿电话：0791-86705643
网址：http://www.jxeph.com

赣版权登字 -02-2015-410

目　录

第一辑　爱使人间更温暖

泰勒，我希望你能回去 / 王国军   002

假如灵魂里没有太阳 / 王国军   004

爱使人间更温暖 / 王国民   006

相处之道 / 胡慧   009

没有战火，只有友谊 / 胡慧   011

乔布斯妙语巧劝丰田章男 / 赵晶   013

欣赏别人才能超越自我 / 王晓春   016

给予朋友帮助你的机会 / 胡慧   019

第二辑　爱的绿洲

我没有你们想象中的那样坏 / 钟志红　　　　　022

失踪的荷花 / 周莹　　　　　026

知音 / 余显斌　　　　　029

"跟屁虫"的眼泪 / 余显斌　　　　　032

阿湘 / 周莹　　　　　037

爱的绿洲 / 赵谦　　　　　040

毕业留言 / 赵谦　　　　　045

不可缺少的人 / 沈岳明　　　　　050

第三辑　对你笑一笑

淡淡柠檬香 / 孙开元　　　　　　　　　054

地瓜干，地瓜干 / 顾文显　　　　　　　057

第一桶"金" / 钟志红　　　　　　　　　060

对你笑一笑 / 袁淑伟　　　　　　　　　063

二胡之梦 / 顾文显　　　　　　　　　　066

和对手交朋友 / 张云广　　　　　　　　069

黑暗中，雪越来越明亮 / 石兵　　　　　072

绝境的水声 / 佘显斌　　　　　　　　　075

绝境中的友情 / 程应峰　　　　　　　　079

离开有毒朋友 / 邹凡丽　　　　　　　　081

"荷塘月色"与"桨声灯影" / 鲁先圣　　083

人生都可以如诗如梦 / 鲁先圣　　　　　086

第四辑　陪你走一程

上帝的孩子 / 鲁先圣　　　　　　　　　　090

花裙子的美丽哀愁 / 芝墨　　　　　　　　093

绿色青春红豆情 / 龙玉纯　　　　　　　　098

那些绚烂的花儿 / 周海亮　　　　　　　　101

你看见了吗 / 孙开元　　　　　　　　　　103

荷兰豆与猪脚汤 / 芝墨　　　　　　　　　106

有一种"粗心"很美丽 / 王欣　　　　　　112

陪你走一程 / 程应峰　　　　　　　　　　114

请你原谅我 / 顾文显　　　　　　　　　　116

第五辑　氧气一般的朋友

桑树下的秘密 / 周莹　　　　　　　　　　　120

谁在过去等着你 / 石兵　　　　　　　　　　124

思念让你如此美丽 / 龙玉纯　　　　　　　　127

同桌的她 / 龙玉纯　　　　　　　　　　　　132

像男子汉一样活着 / 石兵　　　　　　　　　135

氧气朋友 / 邹凡丽　　　　　　　　　　　　138

一封信的忧伤 / 石兵　　　　　　　　　　　140

一盒点心 / 沈岳明　　　　　　　　　　　　142

一路阳光 / 周海亮　　　　　　　　　　　　145

第六辑　道不尽友情味

意外的收获 / 王风英　　　　　　　　148

友情的考验 / 袁淑伟　　　　　　　　150

仰望星空 / 凉月满天　　　　　　　　153

白妞与黑妞 / 凉月满天　　　　　　　156

佛桌上开出的花朵 / 凉月满天　　　　160

开满莲花的朝圣路 / 凉月满天　　　　162

朋友是一曲音乐 / 凉月满天　　　　　164

土瓦罐和青玉罐 / 凉月满天　　　　　167

鸭子胸前的玫瑰 / 凉月满天　　　　　170

战友 / 赵谦　　　　　　　　　　　　173

真正的朋友 / 沈岳明　　　　　　　　179

最珍贵的一课 / 周灵峰　　　　　　　182

七月情思 / 朱向青　　　　　　　　　184

温暖 / 朱向青　　　　　　　　　　　186

刺桐花谢了，刺桐花开了 / 朱向青　　189

同桌的秘密 / 芝墨　　　　　　　　　191

民工女儿的红薯干 / 王欣　　　　　　197

第一辑
爱使人间更温暖

　　如果你想某个人成为你的朋友，那么请他帮助你吧，她和我的友谊正说明了这一点，而现在，我正在把这份关爱，传递给更多需要帮助的朋友。

泰勒，我希望你能回去

王国军

泰勒是尼苏达州明德中学的一位男生，他是一个非常调皮的孩子，喜欢翘课，成绩很差，而且脾气也不好，经常把别人骂得狗血淋头，因此，班上的同学都不喜欢他，泰勒也没想过悔改，他固执地认为那是别人目光短浅，视野狭隘，攀交不了像他这么优秀的人。

那天，泰勒心情很好，准备好去学校上课，可走到半路上，他就听到别人说，总统奥巴马正在来霍尼韦尔工厂的路上，准备在那里举行有关促进就业的演讲。泰勒一听乐了，奥巴马是他的偶像，偶像前来，岂有不去关注的道理。泰勒立即打电话给父亲，得知父亲也去了，泰勒想都没想，就朝霍尼韦尔工厂飞奔而去。

到霍尼韦尔工厂时，工厂外已经是人山人海，泰勒艰难地朝前面挤，挤出了一身汗，才有幸挤到了第一排，让泰勒惊讶的是，父亲就在他的旁边。看到他居然逃课，父亲的脸都变绿了："泰勒，你赶紧回去。"泰勒摇摇头说："我现在有比上课更重要的事情，那就是听偶像的演讲。抱歉，父亲，我不能答应你的要求。"

泰勒没有想到的是，总统奥巴马其实早就注意到这个特殊的听众了。演讲一结束，他就找到了泰勒，"你不喜欢读书？""不是的，我还是非常喜欢学习的。只是，我的同学们都不喜欢我，所以，我不太喜欢去上课。"泰

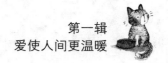

勒说。

"我并不认为是这样，我想，你肯定是翘课来的吧。我给你开张请假条，你拿着这个请假条回去问问，看有多少人不喜欢你。"总统奥巴马说。奥巴马立马拿出纸和笔来，写下了一行字：埃克森老师，请原谅泰勒，他是跟我在一起。

泰勒拿着总统写的请假条回到学校，他怕老师将请假条"据为己有"，于是复印了一份给老师，但老师依然被惊得目瞪口呆。老师把这份请假条又复印了 50 份，每个学生一份。让泰勒万万没有想到的是，班上所有同学拿到这个请假条后，无一例外地在上面写了一句：泰勒，你是好样的，我们向你学习。"天啊！同学们居然还想向我学习。"泰勒惊喜地叫了起来。他兴奋地对老师说："老师，太棒了，我一定会好好学习！"

泰勒重新走进了教室里，但与以往不同的是，这次他是心怀感恩走进去的，泰勒从内心里感谢同学们对他的宽容和谅解。从那以后，他再也没和同学吵过架，脸上时时都挂着友善的微笑。

是什么改变了自己？泰勒思考了许久终于明白，是总统的勉励，同学们的包容改变了自己，当然，前提是自己有勇气去跨出这一步。你什么时候有了勇气去面对过错，别人就会以同样的微笑和宽容来回报你。

假如灵魂里没有太阳

王国军

蕾丝是美国佛罗里达州的一个千万富翁。年轻时，她一手创建了自己的产业帝国，经过二十年的经营，她公司的足迹已遍布全美各地，但是很遗憾的是，蕾丝和丈夫离婚了，可她一直想要个自己的孩子，便有了认义女的想法。

蕾丝把这想法刊登在了报纸上，不到一天的时间，前来应聘的孩子就达到了两千名，经过层层选拔，最终留下了二十名孩子。

蕾丝把这些孩子带到了一条狭长的泥泞小道上，一千米处有张桌子，桌子上摆着一粒金光闪闪的珠子。

"孩子们，你们谁先到达终点，拿下那粒珠子，就是我要找的人了。"蕾丝目光扫过，缓缓地说。

一声令下，孩子们争先恐后地朝前跑，因为路道狭窄，不少孩子都摔倒了，但是出人意料地，跑在前面的没有一个停下来，后面的甚至踩着她们的身体跑过去。

这时，跑在最后的一个女孩停了下来，扶起摔倒的孩子们，女孩朝蕾丝喊："夫人，这里有人受伤了，需要帮助。""你需要什么？"蕾丝眼光有些失神，"孩子，你得想清楚，这是比赛。"

"我知道，正是因为比赛，我才不想让一个人掉队。"女孩斩钉截铁地说，"需要四块创可贴，一捆绷带。"

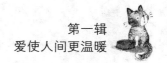

　　女孩拿到东西，迅速地帮同伴们包扎好，然后一起扶持着继续朝前奔跑。蕾丝的目光有些炙热："孩子，你就不怕失去拿第一的机会？"

　　"我也想拿第一，可是对于我来说，有些东西比结果更重要。"女孩边说边扶着大家朝前跑。

　　等到她们到达终点的时候，已经是最后了，但是细心的女孩发现，桌子上金光闪闪的珠子还在，她惊喜地跑过去："难道是我拿到了第一名吗？"

　　蕾丝满意地看着她说："是的，你成功拿到了珠子，从今天起，你就是我的养女了。"

　　"可她是最后到的，我们才是先到的，凭什么我们到了把珠子升起来，她到了又放下来？"许多孩子都不满地闹着。

　　"不，你们都想错了，虽然你们达到了终点，可是你们是踩着别人的疼过去的。当一个孩子的心中没有了爱和温暖，只为利益不择手段，那她的人生哪还有光明？"蕾丝语重心长地说，"善良和爱心才是世上最宝贵的财富，就像这次比赛，其实我考察的是你们的人品和态度，那才是你们成长的太阳。"

　　所有的孩子都羞愧得低下头，她们真正明白了，在成长的路上，如果没有了太阳，人的灵魂就会慢慢僵硬，因为它再也没办法取暖。

爱使人间更温暖

王国民

刚从国外出差回来，八岁的女儿，突然自己跑到火车站来接我，给了我一个莫大的惊喜。照例是亲亲，然后抱在怀里，女儿突然说："爸，你猜我的作文比赛拿了几等奖？"忽然想起，昨天正是作文比赛的日子，心中不免有些愧疚。我装作若无其事地说："几名？"女儿骄傲地说："大作家的女儿，能差到哪里去。当然是最好的那个了。呵，老师还奖了我一本书呢。我答应老师了，我今后要更加努力地写。"说完，便从包里拿出一本《喜羊羊与灰太狼》。

孩子永远就是这样，你给她一罐糖，就能甜遍她的整个世界。

回到家，我刚坐下，楼下便传来一串童音："收破烂了，收破烂了。"女儿赶紧跑出去看，她焦急地说，是个孩子。我自是不会放过这个教育的机会，我说："你看，人家和你一样大的年纪，却在外面收破烂，你应该好好珍惜这读书的机会才是。"

女儿并不为我的话所动，她继续追问着："那他为什么不读书呢？"我沉思了一会儿，才说："也许他家里出了什么事，没钱读了，只好出来赚钱维持生计。"女儿"哦"了声，然后叹了口气说："真是可怜。"她连忙走到窗口，朝渐渐远去的小孩喊："喂，到我们这里来。我卖给你。"

女儿转头对我说："爸，我可以帮助他吗？"我轻轻刮着她的鼻子说："鬼

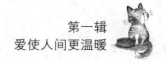

丫头，你都已经做了，还问我可不可以？"女儿调皮地做了个鬼脸。

是个眉清目秀的小孩。经过交谈，得知，小孩的父亲在半年前去世，他的学费也就没有了着落。为了能继续念书，只好自己在外赚学费。

而女儿，这个时候，不知从哪个角落里弄出来一大叠书。小孩利索地称好秤，然后付钱。这时女儿从书桌上拿起《喜羊羊与灰太狼》，摸摸，看得出来，她舍不得，毕竟是刚发的奖品。

女儿对他说："送给你的。我作文大赛的奖品，很好看的。你要答应我，好好读书。"小男孩，连忙用衣服擦了擦，双手虔诚地捧着，他的眼里闪烁着激动。隔了一会儿，女儿又偷偷在他耳边说了句话，我没听到她说什么，但小男孩连忙说谢谢。

当然，我也配合女儿，偷偷在他的车里放了一些没用的废品。但过了一会儿，有敲门声，是小男孩一脸汗水地跑过来："叔叔，您多给我的废品，我给您折算好了，我应该再给您五块钱。"

我说："叔叔也只是想帮你，早点赚到学费。"小男孩恭恭敬敬地朝我敬了个礼说："叔叔，您的好意我心领了。可是父亲离去之前，我曾答应过他的，我所赚的每一分钱，都必须是经过自己双手努力得来的。"

我被眼前这个人小志强的小男孩深深震撼了。

第二天，天蒙蒙亮，小男孩清脆的声音又在楼下响起，女儿一骨碌地爬起来，把她昨晚准备好的"废品"，带了下去。透过窗户，我看到社区里的男男女女都拿着自己的废品走到小男孩的三轮车旁，摸摸他的头，才不舍地走开。那是个很温暖的场面。我想，那些听说了男孩坚强故事的人们，只要伸出了善良的手，哪怕改变不了现状，也是一种心灵的收获啊。有爱，才有了人间，我望着男孩坚毅的笑脸，忽然觉得眼里一片湿润。

自此后，每天早上，小男孩都准时来到小区，而女儿也准时把早准备好

的废品拿下去。如此一来二去，家里的废品早拿完了，女儿就到外面找，最后发展到干脆和小男孩一起去收废品。

于是，小区里便出现了两个幼稚的叫喊声：收废品，收废品。在海外留学的妻子打电话回来，我把这件事告诉了她，妻子不仅没有责备，反而大夸她能干。我笑着对女儿说："这下好了，我每天一起来，入耳的便是你们清脆的叫喊声。"

女儿说："等我们把他的学费赚够了，我就天天喊他来晨读，那个时候，我要让满世界都是我们的朗朗读书声。"

相处之道

胡慧

小雨是我的学生，一个来自农村的学生，因为贫穷，他在班上，衣服是最烂的，伙食是最差的，他怕人家笑话，一个人躲得远远的，饶是如此，还是有不少人以欺负他这个乡巴佬为荣。好似小雨就是大家的出气筒，谁要是心里不痛快了就去捉弄他，男生如此，女生也如此。小雨脾气好，一直都忍着。

一次班会课，我给大家讲了一个故事：

我在读大学的时候认识了徐群，他的父亲是家大公司的老板，仗着父亲有几个钱，在学校里耀武扬威，他还有个跟班叫徐忠。班上有一个来自甘肃的男生，叫成克，长得又矮又丑，学习很好，但人很孤僻，一天到晚到教室的顶层去看书，很自然，他成了徐群他们捉弄的对象。

有一次，他们看到成克又去看书了，便带着一群朋友到顶楼唱歌，弄得他看不下去，红着脸走了。

到放假的时候，因为空闲，徐群约了班上很多同学去农家乐玩。出乎意料，他也邀请了成克。

午饭时，徐群说今天是他生日，他给每一个同学都准备了一份礼物。分发礼物的时候，大家都纷纷唱起生日祝福歌。当徐群走到成克身边的时候，大家都静下来，很多人都在猜想这次他又会怎么捉弄成克呢。成克站了起来，说："祝你生日快乐。""喏，给你的。"徐群装作很严肃地把一个礼包递给他，

然后转过头，偷偷地笑。"快打开看看。"很多同学在起哄。

　　成克激动地打开了。里面装着一只癞蛤蟆。大家都笑起来，有人甚至还在嘲笑："瞧，多么精致的礼物啊。""是啊。"成克高兴地说，"好久没有见到这么大的青蛙了，谢谢你的礼物，徐群。"听他这么说，大家笑得更开心了。

　　下午大家一起去爬山，刚到山顶，忽然有人尖叫："不好了，徐群被蛇咬了！"大家都慌了，不知道怎么办。这时，只见成克快步跑到徐群身边，卷起他的裤脚，然后麻利地撕下自己衬衣的一角，扎住徐群的大腿。"徐忠，你去打电话叫救护车。"然后他把徐群的大腿抬起来，"这是五步蛇，毒性很重，得马上吸出来。"说完话，他就开始吮吸，一口口黑血被吸了出来。"我那样捉弄你，你为什么还要救我？"徐群不解地问。"我知道你虽然喜欢开玩笑，但你的心地是善良的。"成克吐了一口黑血说。慢慢的，吸出来的血开始变红了。成克站了起来，"我知道我和大家相处得不是很好，我也不想这样，只是我家里比较穷，我的学费都是亲人们到处凑的，我不能愧对他们，所以我只有加倍努力。"

　　"还有，吃饭的时候，我为什么总是一个人躲得远远的，并不是我不想和大家一起聚餐，实在是我囊中羞涩，没有什么钱买菜。每天我只好吃母亲给我准备的泡菜。"他用手背擦了一下脸，正想再说什么，他的身体突然晃了几下，他试图站稳，却再也坚持不住，旁边的几个同学赶紧扶着他。

　　我的故事也到此打住。我知道不需要再多说什么了，学生们的目光已经告诉了我一切。中午的时候，我特意去食堂看了一下，很多学生把小雨团团围住，说话的说话，敬菜的敬菜。那种氛围，正是我所期待的。

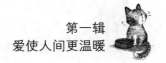

没有战火，只有友谊

胡慧

在利比亚班加西的一个小镇上，有一家名叫阳光天使的诊所，它是人们劳累一天后最愿意去的地方。这里，人们不需要任何费用，就能享受到各种所需的医疗服务和心理咨询。

可是最近一段时间，人们却再也兴奋不起来。随着反对派的反攻，战火很快波及这个小镇，一批又一批伤者被送到这里，由于缺少药物，老板克罗帝只好冒着枪林弹雨去外地采购，好几次都差点丢了性命。但是他还得继续做下去，为了父亲去世前的遗愿，竭尽所能地去帮助那些没钱医治的穷人兄弟。

为了采购，他只好把诊所交给新聘请的一个员工打理，但由于是新手，经常打针扎错位置，这让病人们无法适应，可是大家只能等下去。这也在克罗帝的意料之中。

等他回到小镇，果然发现朋友们焦急的眼光差点要把他融化，一个正来诊所的病人说："克罗帝，我们都还以为你怕死，跑了呢！"克罗帝看着诊所的招牌笑着说："这里是我家，我的根，我想走也走不了啊。"

正说着，门外传来一阵炮火声，接着便是杂乱的脚步声，有人高喊着，反对派攻进城了，大家快逃啊。诊所里正在接受治疗的几个政府军，脸霎时变得苍白，大家挣扎着起来，想离开这个已经变得危险的城市。

克罗帝示意他们坐下，淡淡地说："我不管你们是为了谁打仗，可是现在，

我是医生，你们都是我的病人，得听我的指挥。"然后他冷静地走到门口。

不久，一大队荷枪实弹的反政府军跑了过来，后面还抬着几副担架。一个军官模样的青年人走上前来说："你是医生吧，请救治我的兄弟，钱我不会少你一分。"

克罗帝笑着说："来这里的都是我的兄弟，既然是兄弟，分文不收。"

青年人向他敬了个军礼，然后指挥着战士把伤员抬进去，当他看见诊所里那几个政府军时，瞬间变了脸，匆忙掏出枪，还没等他按好扳机，克罗帝便一把抢过，将枪口对准了自己的额头，冷静地说："我已经说过，这里都是我的兄弟，你要向他们下手，就先打死我。"

青年人面色通红，没有说话。也许是觉察到了诊所的异常气氛，附近的居民纷纷提着菜刀和锄头跑过来，一个十五岁的孩子拍着胸脯说，克罗帝是我们镇上的大好人，他办诊所已经二十年了，从没收过我们一分一厘，谁要是和他作对，就是整个班加西的敌人。

让克罗帝意想不到的是，在接下来的两天时间里，两个阵线的人再没有针锋相对，大家都坐着，聊起自己的家庭和对战局的看法。也许明天他们在战场上依然会斗得你死我活，但至少今天他们是无所不谈的兄弟。

所有的伤员在离开时，都恭恭敬敬地朝诊所敬礼，之后的相当长一段时间里，大批不同阵营的伤员和药物被源源不断送到这里，但所有的人都会在进入诊所五百米范围内，收起枪支，甚至还有双方士兵一起主动执勤。

不久后，在诊所的门口竖了一块牌子，上面写着：这里没有战火，只有兄弟！下面则布满了密密麻麻的签名……

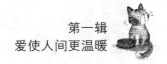

乔布斯妙语巧劝丰田章男

赵晶

　　作为全世界排行第一位的汽车生产厂商，丰田总裁丰田章男的名声可谓如日中天，然而在风光的背后，丰田章男却感到了深深的忧虑。自从油门事件后，丰田汽车陷入了一系列召回门丑闻中，虽然他屡次在新闻记者招待会上澄清丰田汽车没有质量问题，但是媒体依然是穷追不舍，他几次上街都遭到车主们的炮轰，车主们都称他是"杀手"。这让丰田章男很苦闷，甚至一度都需要依靠药物来缓解他的抑郁症。

　　幸亏，在去美国旧金山后时，他遇到了自己的偶像——苹果总裁乔布斯。当天，他正和几个朋友闲聊，在沙滩上，却意外地看到了一个人极像乔布斯。那个人正躺在椅子上晒太阳，丰田章男不方便去打扰，直到侍佣送来咖啡，乔布斯坐了起来，丰田章男这才确认那就是乔布斯。他立即像个狂热的粉丝一般跑上去，在他的身边坐下，问道："这些年，您还好吧？"丰田章男曾和乔布斯有一面之缘，事后两人虽保持着书信往来，但再次见面，丰田章男的心情仍和当年一样激动。一阵寒暄后，丰田章男不无忧虑地说："现在舆论给我的压力很大，该怎么化解？"乔布斯沉思了一下，笑着劝道："其实压力往往就是机遇，能把握机会，最糟糕的事情就能出现最好的结局。三菱的事件你也知道吧，要是你不想成为第二个三菱，你就要拿出危机公关的勇气和行动来。"乔布斯的一席话，让丰田章男进入对三菱和丰田的沉思中，

直面压力，这才是面对危机时所要的处理方法。丰田章男掏出电子记事本，仔细地记录着。乔布斯又联系自己，说道："苹果手机能发展到今天，最主要的原因是我们能从顾客的角度出发，以顾客服务为第一。当初我推出 iMac 的时候，没带软驱，现在看来没什么，但在当年可是引来了一场质疑，可是你想想，要将 4GB 的硬盘资料备份到 1MB 的磁盘上，顾客用起来多麻烦？其实，卖车和卖电脑都是同一个道理，那就是"做正确的事"，这个正确，不是技术，不是设计，不是美学，而是'人性'。"丰田章男又说出了自己的另一个困惑："我现在遇到了瓶颈，该怎么去继续我的道路呢，我找不到方向了。而您永远是那么完美，不管是 iMac，还是 iPad、iPhone、AppStore，在市场上创造了一个又一个不败的神话。我应该怎么走？"乔布斯谦虚地笑了："你太抬举我了，我也不是神人，也遭受过很多失败，比如 NeXT 电脑等。我也困惑过，但是我想，既然热爱这份工作，我就会毫不犹豫地走下去。我 20 岁的时候创办了苹果电脑公司，因为信错了人，30 岁的时候，我就被踢出局了，当年我也迷茫过，甚至还想过要逃离，但最终我还是坚持下来，我开了家 NeXT 的公司，后来苹果收购 NeXT，我又重新回来了，还有了自己幸福的家庭。我非常肯定，如果没有被苹果炒掉，这一切都不可能在我身上发生。生活有时候就像一块板砖拍向你的脑袋，但不要丧失信心。热爱我所从事的工作，是一直支持我不断前进的唯一理由。从事一份伟大工作的唯一方法，就是去热爱这份工作。如同任何伟大的浪漫关系一样，伟大的工作只会在岁月的酝酿中越陈越香。所以，在你终有所获之前，不要停下你寻觅的脚步。不要停下。"乔布斯这一番语重心长的话，深深打动了丰田章男，他不仅告诉丰田章男怎么应付瓶颈，还通过自己当年的经历引导和激励他，让他真正有了继续下去的勇气和决心。

丰田章男回国后，开展了一系列外交公关，他还来到中国，三次道歉，成功地修复了丰田的形象。伴随着这些努力的付出，丰田汽车在中国的销售

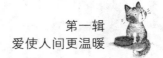
量也是节节攀高。乔布斯去世后，丰田章男曾一度流泪，他动情地说："乔布斯不仅是我的偶像，还是我人生的导师，虽然他走了，但是他对我说的一席话，让我受益终身，并且将一辈子铭记于心。"

欣赏别人才能超越自我

王晓春

丁俊晖出生于中国江苏省宜兴市。从小，他就是个安静的孩子，不爱说话，从来不闹，也不淘气。因为成绩比较好，父母对他期望值很高，但丁俊晖对体育却表现出强烈的兴趣，从五岁开始，就去家对面的一个台球馆练习。因为害怕父母担心，丁俊晖每天都只练一个小时，准时在吃饭之前赶到家。

八岁那年，因为和几个朋友打比赛，丁俊晖忘记回家了，直到父母找上门来，丁俊晖才知道闯祸了，但深明大义的父母什么也没说，只是鼓励他要练就好好练。

不久后，父母带他去参加一次比赛，他的一记长球引来当时在打球的宜兴台球"四大天王"的赞叹。大家一致认定：这个孩子打球一定会很有出息。这时摆在丁俊晖父母面前的难题来了，到底是让他打球还是读书呢。

丁俊晖对母亲说："我希望去练台球，像邓亚萍那样出名，那是我人生的目标。至于读书，中国不是有很多球员都是先成名后读书的吗，有体育天赋的孩子不应该套用寻常人的教育模式。"

经过一天一夜的谈心，丁俊晖最终还是说服了父母。他知道机会来之不易，所以练习起来特别刻苦，最疯狂的时候，他一周都没踏出过球馆半步。后来，他随父母南下东莞。1990年，丁俊晖应邀参加亚洲邀请赛，他荣获季军称号。于是，"神童"的称号便不胫而走。后来丁俊晖为中国夺取第一个亚洲锦标

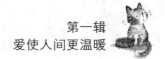

赛冠军，并成为最年轻的亚洲冠军。2003年，他两度战胜当时世界排名第一的马克·威廉姆斯，并正式转为职业选手。

丁俊晖红了，面对突如其来的荣誉、财富、鲜花和掌声，他的心态发生了急剧变化，从那时起，登上世界第一的位置便成了他生活的目标，他发誓要把那些阻碍他前进步伐的人——踩在脚下，马克·威廉姆斯如此，亨得利也是如此。

从此，遇到对手，他便如见到仇人般分外眼红。但台球是一门高技巧的比赛，心态往往比技术更重要，一味求胜，反而屡屡落败。在2007年的温布利大师决赛上，当以3：10不敌奥沙利文时，还没等比赛结束，丁俊晖就红着眼圈主动向奥沙利文表示祝贺，再被"火箭"哄回赛场完成比赛。此后的两年，只要比得不好，丁俊晖便早早放弃，甚至是当场崩溃。

球迷开始辱骂他，记者也不放过攻击，丁俊晖开始陷入一个由自己和外界舆论共同制造的旋涡里。

尽管，经纪团队也尝试了一些方法，但都没有效果，父亲也专程赶来给他打气。父亲说："你是第几不重要，关键是你能给大家留下什么。"

他深受感动，他一再告诫自己一定要调整自己的心态。

在父亲的鼓励下，丁俊晖给自己放了个小长假，整个夏天四处旅行，完全不想斯诺克，连球杆都不带。后来，丁俊晖只身一人来到英国。惊闻丁俊晖到来的消息，"莱斯特小丑"塞尔比特意邀请他去参加自己的一场职业挑战赛，放开了一切俗事的丁俊晖开心地接受了他的邀请。

坐在嘉宾席上，看着塞尔比毫无悬念地一杆清台，丁俊晖从内心里敬佩这个曾经的敌人。后来，塞尔比语重心长地对丁俊晖说："当我了解到你现在的低迷状态后，我也替你担心，我想告诉你的是，你是第几不要紧，关键的是你能给大家留下什么。"

丁俊晖若有所悟地点点头。

回到中国后，丁俊晖像变了个人似的，他不再以个人成败、得失为重，他开始有能力逐渐控制自己的情绪。在 2009 年上海大师赛输给奥沙利文后，依然面含笑容，他也因此赢得了所有球迷发自内心的尊敬。2011 年斯诺克世锦赛，在半决赛里，丁俊晖携手塞尔比走进比赛现场，心态彻底放松的丁俊晖反而比以往更能全身心地投入到比赛里去，他也最终以 13 比 10 晋级四强，创造了亚洲球员世锦赛历史最佳战绩。他也超越了梁文博，创造了中国内地球手历史最佳战绩。赛后，丁俊晖和塞尔比紧紧拥抱在一起，彼此祝福。

英国发行量最大的《太阳报》曾这样评价丁俊晖："用嫉妒做种子，永远都只能活在别人的影子里。只有懂得欣赏别人，才能做到最好的自己，也才能真正超越自我。"事实上，正像塞尔比所建议的那样，丁俊晖目前并不再追求世界第一的名头，"世界第一其实也就是个名头而已，与其在这个位置上如流星般短暂停留，我更愿意被大家长久地记在心里。"面对记者采访，丁俊晖微笑着回答。

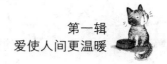

给予朋友帮助你的机会

胡慧

2008 年，李娜在北京奥运会上跻身女单四强，大家一起到清吧喝庆功酒。扬科维奇突然发现李娜情绪不太正常，便走到她身边说："我们出去溜达一下。"

起身走了几步，细心的扬科维奇便发现李娜走路很不自然，便关切地问："是不是膝盖又受伤了？"李娜默默地点点头。因为膝伤，李娜曾多次退出比赛，而眼下，她正欲"单飞"，这要命的膝伤便成了她的致命处。"如果找不到对策，也许我的职业生涯真的只能到此终止了。"李娜忧心忡忡地感慨。"你就是担心这个啊。"扬科维奇笑着说，"让我为你出一份力吧，这事就包在我身上。"李娜感激地点点头。

喝到一半，扬科维奇就借口离开了，晚上打她的手机，也没人接，李娜知道扬科维奇为自己忙活去了，心里倍感温暖。

第二天早上，李娜刚到球场，两眼通红的扬科维奇拿着一大包黑色胶布走过来："找了整整一个晚上，才在一个朋友店里找到这种胶布。"扬科维奇抽出一块给李娜缠上，又说："这种胶布叫肌肉效贴布，别小看这个东西，它的用处可大了，能在不影响肌肉功能的情况下预防运动损伤。"李娜望着面前两眼布满血丝的扬科维奇，想起这些年她对自己的关心和照顾，一股暖流顿时涌上心头，没有说话，只是紧紧地和扬科维奇拥抱。

　　之后，只要是大赛，李娜都会带着扬科维奇为她精心准备的肌肉效贴布上场。在朋友们的关心下，她的心理素质越来越好，水平发挥也越来越正常，在 2011 年的罗兰·加洛斯，她创造了一个新的传奇，第一次打破欧美选手在大满贯赛事上长达 120 年的垄断，勇夺法网女单桂冠，成为第一个问鼎大满贯赛事的亚洲人，而她在海外的影响也超越了姚明和刘翔，成为很多外国人心目中的"中国第一人"。

　　生活中，谁都会遇到苦难或不幸，与其一个人苦扛，还不如分点给朋友承担，给朋友一个帮助你的机会，也让真正的朋友知道你需要他们的帮助，他们对你有多重要。多年来，扬科维奇正是这样默默关心和鼓励她。在拿到法网桂冠后的多个公开场合上，李娜都动情地说："这一生中，我最大的收获不是拿到法网女单冠军，而是得到了比冠军更实在的东西——朋友的帮助和关爱，很多人以为我曾被朋友害过就不再信任别人，事实上，我的心一直是开放的。正如扬科维奇曾说过的那样：'如果你想某个人成为你的朋友，那么请他帮助你吧。'她和我的友谊正说明了这一点。而现在，我正在把这份关爱，传递给更多需要帮助的朋友。"

第二辑
爱的绿洲

　　一句话，让许雨蒙红了眼圈。她决定，让吴小跳跟着自己，现在，她应当训练他，训练他变得坚强。因为，大美女许雨蒙感到，现在自己是姐姐了。姐姐的责任好重哦。

我没有你们想象中的那样坏

钟志红

1

新学期开学前一天，汪茗儿第一次见到鲁星杰时，就被气得大哭一场。

早晨，汪茗儿穿一件崭新的粉底碎花连衣裙，洒了一些妈妈用的香水，打扮得漂漂亮亮，准备参加同学的生日聚会。当她出门还来不及关门时，猛然，从楼梯上"刷"地冲下一个人来，不偏不倚地将毫无准备的汪茗儿撞倒在地。更为悲剧的是那人手中的冰激凌也生生地砸在她的身上，鹅黄色的液体迅速浸染衣襟，"事故"现场惨不忍睹。最让人憎恨的是，肇事者不但没主动搀扶起汪茗儿，甚至歉意的话也没有一字半句，只"嘿嘿"两声后留下了一个决然的背影。

当时，气愤到极点的汪茗儿冲着他吼了句"你还没道歉"时，楼下飘上来的却是"冰激凌就不收你钱了"的回答，呛得人泪水都没时间掉落，还有什么心情参加生日聚会？

后来得知这位邻居将要成为自己同班同学后，汪茗儿咬牙发誓："鲁星杰，我恨你！"

2

"这位是你的新同桌鲁星杰同学……"不等班主任老师介绍完，汪茗儿

憋了很久的委屈此刻一股脑地倾泻出来："我不要跟他坐！"高分贝的吼声让班主任也怔住了。没想到，平时说话有如扬琴声的汪茗儿，活脱脱变了一个人，她那美丽的双眸失去了往日的温柔，却又很快泛出了泪花……

鲁星杰不以为然。他扭头望望窗外，又伸出手来挠了挠下巴，右脚有节奏的抖动波及全身，悠然、惬意的肢体语言，表达出"我无所谓，又不是我想与你同桌"的潜台词来。

无奈的汪茗儿只能以沉默当作报复。在第一堂语文摸底测试中，她把自己的试卷捂得严严实实，对抓耳挠腮的鲁星杰置之不理，任凭他画上乌龟粘在前桌女同学的背后。受欺负的同学告了一状，老师狠批了鲁星杰一顿，这让汪茗儿多少觉得有了一些安慰。

不久，鲁星杰在老师水杯里放安眠药，用石头击伤同学，捣蛋事件接二连三地发生了。汪茗儿想，学校会很快开除这个"扫帚星"的。

3

"沉默是郁闷的哥们儿。"鲁星杰第一次对汪茗儿说。有危机感的鲁星杰当然不想辍学，更不想让母亲伤心，于是主动与汪茗儿搭讪，欲以改善关系换取学习上的帮助。汪茗儿只是瞟了鲁星杰一眼，不屑一顾。

鲁星杰俏皮地说："女孩可以不漂亮，但不可以不可爱，尤其是有着春光般笑容的可爱——让我看到成天绷着一张脸的女孩，怎么都要梦到老母猪的肚皮！"

汪茗儿强忍着笑。不可否认，多日来很郁闷的心情仿佛找到了小小的释放口，让拒绝显得有点苍白无力。

不待汪茗儿发言，鲁星杰又在自言自语："我有好有坏，不好不坏！"

当然，鲁星杰求和的言语不足以让汪茗儿的怨气冰释："我一直等待你诚心的道歉！"

鲁星杰耷拉着头，悄悄在纸上写下一行字给汪茗儿：

做人就得有责任感，我当然要为自己的过失承担相应的责任。对于那天的事情，现在我郑重向你说一句——对不起。请你不要再搁在心里了，我保证以后绝不会让类似的事发生。

另注：我以这种悄悄的方式，只希望也给自己一个悄悄改正的机会，我已经都"丑"得不得了了，不想再失去脸面了。

汪茗儿看到这里，已是忍俊不禁。

4

没想到，汪茗儿为鲁星杰修改的第一篇作文便被老师作为范本，在全班宣读，这让鲁星杰的自信心大增。鲁星杰的作文里写道：

我是这么样的一个男孩：我的学习成绩不好，可自尊心极强，需要别人重视我、欣赏我，可在新的学习环境中，同学们与我这位异乡娃保持距离，我很痛苦。我让同学们关注我的办法就是让同学害怕我，虽然我也知道给老师茶杯里放药的后果，可我还是义无反顾地做了；当然我也明白打伤同学的错误甚至是违法行为，可这些事给我带来了自豪感、成就感，特别是看到被我打的同学从此在我面前毕恭毕敬，也不再欺负女生时，我感到了自己存在的价值——一直以来，我都渴望受到同学和老师的……我不是一个想使坏的学生，请你们相信我。

看鲁星杰的作文时，汪茗儿问过他："你就真没做过让人赞扬的事情吗？"

"当然有了，5年前妈妈生日的那一天，我冒着大雨把整个暑假里捡到的啤酒瓶卖了，给妈妈买了一束康乃馨。那一次，妈妈在我面前流下了与以往任何时候都不一样的幸福眼泪……"

"可你为什么不继续这样做下去呢？"

"我想改变自己却没有能力改变身边人对我的歧视。"鲁星杰继续道,"你是一个漂亮女孩,学习好、品行好、生活幸福,让我羡慕。这些我可望不可即。因为我学习成绩不好,所以在你们眼里就是一个没出息、不可救药的孩子!我找喜欢我的人,与他们一起抽烟、喝酒、打架,在他们那里得到尊重和理解,也制造麻烦报复不喜欢我的人!"

"学习不好不等于没出息、一定要当流氓不是?比尔·盖茨、张柏芝、牛顿、丁俊晖等等这些名人谁又有大学文凭呢?"汪茗儿引经据典、旁征博引,列举了许多名人励志的故事,只想让鲁星杰明白一个道理——学习成绩不是检验成就的唯一标准!

5

鲁星杰让汪茗儿感动的一件小事,发生在不久前。

那天下午的第二节课,一个羸弱的女生突然中暑晕倒,手足无措的老师忙着打电话找学生家长。不想,鲁星杰"唰"地站了起来,指挥"手下"拨打120、端水、拿湿毛巾,然后身手敏捷地抱着女生,往楼下的校医务室狂奔……

当时,汪茗儿没回过神来,想不到鲁星杰的反应竟然如此迅速。

当满脸汗水的鲁星杰回到教室时,似笑非笑地对同学们说:"这些事情谁都会做,只是我今天对不住大家了,抢了个先。"许多同学向他投去了既惊异又欣赏的目光,相信大多数人一时无法接受鲁星杰判若两人的改变。

回到座位的鲁星杰对汪茗儿说了一句悄悄话:"其实要谢谢你,你让我做到了'我没有你们想象中的那样坏'!"

汪茗儿的嘴半晌没合上。下意识间,汪茗儿鼓起掌来,带动了更多的同学双手合一……

失踪的荷花

周莹

　　放学后，小艾并没有直接回家，而是去了小区内花坛边的荷花池欣赏荷花。六月才刚开始，荷花就星星点点地开了。小艾想起妈妈以前说过她是六月荷花盛开时出生的，所以，小艾从小喜欢荷花。

　　小艾上小学五年级，学习成绩名列前茅，担任班上学习委员的职务。在班上，她和欣怡是最知心的朋友，像姐妹，像知己。

　　最近两天，欣怡闷闷不乐，连话都不愿意和小艾说。小艾几次张口想问，又忍住了。小艾本想放学之后约上她一起到荷花池边来谈谈心，可放学铃声刚一响起，欣怡就第一个跑出教室，小艾追到阳台上，望着欣怡的身影从学校门口消失，无比惆怅。她只好返回教室，收拾完毕作业本送到办公室，才走出学校大门。

　　小艾来到荷花池的时候，眼前的一幕让她更难过，昨天那些盛开的荷花都不见了，被谁掐走了。池边的地上，一片狼藉，残留了一些花瓣。小艾弯下腰，低着头，捡起几片花瓣，放到鼻子边闻了闻，心里抽筋般得痛了起来。花儿好好地开着，不行吗？是谁这么不爱护盛开的花朵呢？小艾看了看荷花池中，还有一些含苞待放的花骨朵，估计最迟明天早上就可以开放了。

　　第二天，中午放学后小艾去荷花池一看，昨晚那些荷花花蕾都不见了，小艾只好闷闷不乐地回家了。

　　第二天上学后，课间操时，站在身边的小艾发现欣怡的指甲内有一层绿色的痕迹。小艾问她："你指甲内的那些痕印是咋回事？"正在做广播体操的欣怡一惊，目光闪烁地躲过小艾的问话。

　　小艾决定，放学后跟踪欣怡。还没有放学之前，小艾就请语文课代表放学后帮忙收作业本，说自己要去医院看望生病的邻居大爷。

　　等欣怡一路小跑地走出大门时，小艾就悄悄地跟上了。小艾感觉很奇怪，欣怡没有回到她家的出租屋，而是直接去了小艾家住的小区内。远远的，小艾看见欣怡跟门卫叔叔热情地打着招呼，门卫叔叔没有为难欣怡，就让她进去了。

　　小艾跟了进去。

　　欣怡走到荷花池边上，坐在一块石头上，对着池塘内刚刚盛开的几朵荷花若有所思。小艾躲在假山旁边注视着欣怡的举动。这时，小艾的电话响了，她只好飞快地跑到一栋楼房后面接电话。

　　等小艾返回荷花池时，欣怡不见了。新鲜的荷花也被掐走了，地上残留着几根荷柄，花柄折断成丝。

　　小艾断定荷花是被欣怡掐走了。可是，让小艾百思不得其解的是，欣怡掐荷花干什么呢？

　　小艾决定到欣怡家看看。

　　当小艾推开欣怡家那扇虚掩着的房门时，一股荷花的清香扑鼻而来。欣怡正背对着门，在冲泡茶水。一位白发苍苍的老人，坐在藤椅上，目光安详平静。

　　欣怡看到小艾，脸上红了起来。小艾没有责怪她，而是和老奶奶攀谈起来了。从奶奶口中得知，老人家刚刚生过一场大病。出院时，医生建议老人的风湿腿用荷花泡茶或者煮粥，可以活血化瘀、祛风化湿。欣怡爸妈每天天不亮就摆摊，晚上华灯初上才回家，照顾奶奶的任务就落在11岁的欣怡身上。

小艾和奶奶聊天的时候，欣怡就把荷花粥煮好了。她盛了满满两碗，一碗递给奶奶，一碗递给小艾。小艾望着碗里清淡浅黄的荷花粥，忍不住吃了起来。

欣怡告诉小艾说荷花粥具有清热解暑、生发清阳、凉血止血的功用，尤其是老人，应该多吃，养颜养心。

小艾拉着欣怡说："明天放学后，我们一起掐荷花给奶奶煮粥吧。"

小艾和欣怡，手拉着手，相视而笑。她俩脸上的笑容像盛开的荷花一样灿烂明媚。

知音

余显斌

雪，很大，夜很静。一把火，从他房后烧起，一眨眼间，席卷了整个茅屋。他跑出来，随着他的，只有一把二胡。

他没有回头，即使回头，也看不见什么，因为他是瞎子。风吹来，浑身都冷。在风里，他一步步走了，最终，变成一粒黑点，消失在天边。

从此，他漂流异乡。

陪伴他的，是一把破旧的二胡，小镇村庄，一路行来。二胡声，在他走过的地方流泻，如一声声低低的诉说，细细的，蛛丝一样。

夜里，他歇宿在破庙里，草堆后，静穆地坐着，一双盲眼，一动不动，望着虚空。手指颤动，一缕月光水色，从琴弦上淌出，闪着波纹，扩散着，荡漾着。

他走过的地方，要一点剩饭，或者两个冷馒头。

一般的，他只吃一半，另一半，放在自己寄宿的地方，草堆旁，或者是破庙里。第二天走时，留在那儿。

大家都说，这瞎子，穷讲究，不吃隔夜东西。

他没说什么，摇头叹息。要饭时，仍多要些，拿回寄宿的地方，剩下一些，放在那儿。有时，要少了，他不吃，把要来的东西都放那儿。

这日，一个雪天，他头晕眼花，倒了下去。醒来时，一个女孩的声音清

脆地响起："醒了，你终于醒了。"

他点头，慢慢坐起来，很是感激。无物感谢，就拿起二胡，闭着眼，手指颤动，一支乐曲，婉约流淌。

曲子停止了，一切都静静的。

过了很久，女孩醒悟过来，赞叹："你的二胡拉得真好啊，我去告诉师傅，你就跟着我们杂技团吧。"说完，女孩一阵风，跑了。

不一会儿，女孩进来了，坐下。

他一笑，道："不收瞎子吧？是啊，一个杂技团要一个拉破二胡的干啥啊？"

"你别急，我再求求师娘。"女孩说。

他笑笑，在女孩离开后悄悄走了，一步一步，走向流浪的远方。二胡声，仍如水，随他流淌。时间，也在二胡声中流淌。

他在乞讨和流浪中，慢慢老去。

一日，在一个破庙里，他见着个人，睡在那儿，奄奄一息。显然，是饿的。他忙拿出讨要的馒头，喂他吃下。两个冷馒头下肚，那人有了精神气，坐起来。那夜，没有旁人，只他俩。他坐在神案前，手指轻弹，两滴乐音溅下，闪着晶亮的光。然后，二胡声悠扬，在静静的夜空响起，一会儿如一缕花香，拂过人心；一会儿如一丝轻风，浮荡如纱。

那人静静听着，罢了，哑着嗓子一声长叹："是《月夜鸟鸣》吧，真是人间一绝！"

他笑笑，眨眨已盲的眼，和衣躺下，道："睡吧，明天，还要讨饭呢。"

那人，也睡下。

以后，他拉二胡，挣点小钱，养活两人，因为那人也是瞎子。夜里，坐在破庙里，他拉二胡，那人听。在奔波中，一天一天，他走向生命的尽头。

那天，他吐了几口血，靠在一个草堆旁，对那人说，你不是想得到《松风流水》的乐谱吗？今天，我给你拉。

"你——怎么知道？"那人惊问。

"你是瞎子；右手食指有弦痕，是拉二胡的；在这个人世，能欣赏我二胡的，只有两人，一个是个女孩，另一个是我的弟子。"他道，脸上有一丝温馨。

"师父！"那人跪下，不再哑着嗓子，流着泪喊。

他点头，微微一笑："你多次向我讨要《松风流水》的音谱。又悄悄一把火烧了我的茅屋，不就是想逼我带着乐谱逃走，你好中途盗取吗？唉，世间最好的乐谱不在纸上，在心中。这些年，你跟在后面，我知道。没说破，是想让你跟着吃苦，时间长了，就领会了我当年的话。"

"你留下饭菜，也是给我的？"那人哽咽着问。

"你脸皮薄，不讨要，会饿死的。"他仍一脸平静。

说完，二胡声流出，始如蚊痕，继如流水，最后，如一地灿烂春光。

音乐越来越低，流入地下，渺无音痕。

二胡落下，他也倒下。

"你知道是我，为什么不恨我啊？"那人抱着他，号啕大哭。

"你是我的弟子，我的——知——音。"他说，带着一丝笑，咽了气。

那人跪下，恭敬地叩下头去。然后，拿起二胡。月夜里，二胡声如水，波光闪闪，流泻一地。

"跟屁虫"的眼泪

余显斌

1

许雨蒙最看不起吴小跳，用她的话说，娘娘气太重。尽管，吴小跳是她的粉丝，是她的铁杆下属，一直追随她左右，从幼儿园到初中，从未背叛。

可是，她仍看不起吴小跳，白着眼睛看他。

原因，起自于很小时。

那时，许雨蒙虽五岁，可天不怕地不怕，地道一个疯丫头，连最顽皮的男生，她都敢扑过去摔跤。一时，小区的小朋友都被镇住了，乖乖归附于她。

许雨蒙成了小霸王。

其中跟得最紧的，就是吴小跳。吴小跳流着鼻涕，亦步亦趋。许雨蒙喊："别跟着。"可吴小跳仍可怜兮兮地跟着，说这样才安全，没人欺负他。一次，吴小跳还拿了泡泡糖，贡献给许雨蒙，极尽巴结地说："以后让我跟着，好吗？"

看在泡泡糖的分上，许雨蒙勉强点了点头。

这一跟，就一路跟到底。因此，吴小跳也得了一个响当当的外号——特号跟屁虫。

2

特号跟屁虫，许雨蒙还能忍受，最难忍受的是吴小跳爱哭，稍受欺负，泪颗子就叭嗒叭嗒落下来，滚豆子一样。

许雨蒙气坏了，质问："你是豆渣做的啊，豆腐渣工程啊？"

吴小跳抽泣着，连连摇着头。

许雨蒙说："那就坚强点，学我。"然后，头一仰，吹着口哨雄赳赳地走了。

吴小跳点着头，可仍抽泣着，这次哭的原因很简单，他要做许雨蒙的同桌，紧跟着许雨蒙。许雨蒙不答应，他就哭了，哭成个可怜巴巴的林妹妹，反反复复念叨一句："我受欺负了，该找谁啊？"

最终，许雨蒙也没摆脱吴小跳，皱着眉答应了。

那时，已是六年级了，许雨蒙已成了大美女，用她自己的话说，超级大美女，可是后面跟着一个男生，哇，那成什么话呀？真不爽！

3

初三时，许雨蒙最终决定，自己无论如何要扔掉吴小跳，因为，吴小跳跟着自己，让自己的美女身份大打折扣，大受影响。

当然，如果吴小跳帅，另当别论，可吴小跳一点儿也不帅，黑黑的瘦瘦的，干蚂蚱一个。因此，班头张得看见了，悲天悯人地摇着头说："嘁，一朵鲜花插在牛粪上了。"

许雨蒙睁大眼睛说："哥们儿，注意措辞，我们是同桌。"

张得忙说，同桌也可惜了。

许雨蒙瞪了一眼张得，又回头瞪了一眼吴小跳，回过身，大步走了。她以为自己一瞪眼一走，就彻底扔掉了吴小跳，可走了一会儿，回头一看，吴小跳仍紧紧跟着自己。

许雨蒙站住，对吴小跳说："拜托，别跟着我，行不行啊？"

吴小跳仍可怜巴巴地道："不让跟着你，我跟着谁啊？"说着，拿出一个水蜜桃，送到许雨蒙眼前。许雨蒙望望水蜜桃，咽口唾沫，摇摇头艰难地拒绝了。

毕竟，自己现在成大美女了，要注意形象啊。

4

许雨蒙最终摆脱吴小跳，是缘于一节自习课。那天自习课上，大家正在读英语，老班突然走进来，来到吴小跳身边，问他是不是上课吃零食。

吴小跳吓了一跳，说过去吃过，可现在没吃。说完，为了证明自己的清白，就去掏口袋，掏出一张纸条。纸条上面写着：许雨蒙，我喜欢和你坐一起，看你的笑，看你皱眉。

结尾署名：吴小跳。

这是一封没来得及传出的恋爱信啊。

老班脸都绿了，马上将吴小跳叫出去。再进来时，吴小跳眼圈红了，趴在桌上。当天，老班给吴小跳换了位。"初中生，必须心思单纯，不许胡思乱想。"老班斩钉截铁地说。

5

吴小跳一个人坐一张桌子，这是他要求的。教室恰好多一张桌子，摆在教室一角。他坐在那儿，上课之外，就是一个人看着蓝蓝的天空，看着白白的云朵。以后，再也不跟着许雨蒙了。

再也没人说许雨蒙一朵鲜花插在牛粪上了。

许雨蒙很高兴，甚至忘记了淑女形象，吹起了支离破碎的口哨。

那天，校报《雏风》发到手中，里面有一篇文章，名叫《远去的关心》，上面写道：小时，我有个姐姐，大我一岁，她看我懦弱，处处护着我。一次，为了我，她还和一个男孩打起来，头上出了血仍没停止。可是，六岁那年，她却病死了，我大哭，喊着："姐姐，姐姐，不要扔下我。"可她再也不答应我了，紧紧闭上了眼。以后，我受到小区孩子欺负，再没人帮助我了。直到有一天，一个小女生跳出来，头上绑着蝴蝶结，给我帮忙，把一个欺负我的孩子打败。她走时，还说，以后你就是我的下属了，由我保护，谁敢欺负，瞧我的"九阴白骨爪"。看到她，我就想到了姐姐。以后，我一直跟着她，在心中，她仿佛就是我的姐姐，虽然，我们年龄一样大。

许雨蒙读完，流下了泪。

作者虽用的不是真名，可是，她知道，那就是吴小跳。她的眼前，又一次出现童年时吴小跳被欺负的样子，还有自己包打天下的情态。

6

其实，吴小跳兜中的情书，是许雨蒙悄悄写下的。然后，她悄悄将纸条放入吴小跳兜中，再悄悄给老班发了条信息，说吴小跳吃零食。

老班当然会来搜，那么，那张情书就会被发现。最怕学生陷入早恋的老班，一定会快刀斩乱麻，分开他们。

她的目的，也就会达到。

她以为，吴小跳对她有暗恋，没想到，一直以来，吴小跳把她看成姐姐。

下课后，吴小跳在前面走了，她跟在后面，紧紧赶上去，轻声说："对不起，吴小跳。"

吴小跳摇摇头，告诉她，她在放纸条时，自己就感觉到了，老班见字迹不同，问是不是别人写的，他摇着头不承认，坚决说自己写的。

"为什么？"她不解地问。

"因为，你在姐姐离开后，又让我找到了一个姐姐。"吴小跳说。

一句话，让许雨蒙红了眼圈。她决定，让吴小跳跟着自己，现在，她应当训练他，训练他变坚强。因为，大美女许雨蒙感到，现在自己是姐姐了。姐姐的责任好重哦。

阿 湘

周莹

阿湘是我童年时代最好的朋友。

记得 9 岁那天，阳光很好，湛蓝的天空中点缀着几朵洁白的云彩。我们穿着缀满补丁的短裤，在院子门前那棵歪脖子樟树下汗流浃背地踢毽子。

这时候，奶奶从偏屋里走出来，手里拎着一个篾篓子，里面装满了鸡蛋。奶奶交代要我到镇上把 80 个鸡蛋卖了，再到医院给爷爷买些哮喘药回家。我听完奶奶的交代，立刻冲过去，一把接过篓子，并向奶奶保证一定完成这次"艰巨"的任务。我回头拉上阿湘，嘻嘻哈哈地向镇上奔去。

"你这个疯丫头吔，可别忘了买药哟！"奶奶的声音撵上我们的脚步，目光穿过院子门前的杏子树，随着我们奔跑的背影追出好远。

我和阿湘跑累了，走到沟坪的时候，便放慢了脚步。午后的乡村，树林，溪水，以及那些生命蓬勃的庄稼地，在斜阳下，看上去真是一幅美妙绝伦的画卷。蟋蟀在草丛中窜来窜去，庄稼地边的树林里一阵阵"咕咕布咕"的声音由远及近，我停下脚步，静心聆听。

说话间，从我们身边的草丛间蹿出一只金毛赤尾山鸡，"呼溜"一下，就落到溪水边。我眼睛一亮，飞快地冲了过去，打算抓住山鸡。奶奶曾经说过山鸡就是"凤凰鸟"，肉质细嫩，滋味鲜美，吃了可以滋补身子。我以最快的速度朝山鸡飞去的方向追赶，想逮住凤凰鸟给爷爷炖个汤，我只觉得耳

边呼呼生风，当时速度很快。没想到，我却因为太激动，跑得太快，由于惯性使然，我的脚踢飞了地上的篾篓子，鸡蛋都重重地摔在地上，全碎了。

这可怎么办呀？爷爷还等着药呢！我望着正在地上流淌的蛋黄，不知所措，急得号啕大哭起来。

这时，比我大两岁的阿湘拉起我的手，飞快地向村里跑去。她拽着我来到她们家后檐，为了不让奶奶看见，让我站在虚掩的后门旁等待。只见她径直走向偏屋房檐下的鸡笼，在鸡窝里摸索着，把一只正在下蛋的老母鸡惊飞了，在母鸡"咯咯"直叫的愤怒下，才掏出几个鸡蛋。她赶紧向我招手，我走过去，她当即把带有母鸡体温的鸡蛋放到我手中的篓子里。然后，她又提着篓子跑到屋里，在床头的木箱里找了好半天。等她再出来时，提着竟是满满一篓鸡蛋。

阿湘满头大汗，一撮刘海紧贴在她的额头，我帮她理了理那撮汗湿的头发，感动得一句话也说不出来，只晓得眼泪奔涌。

后来，阿湘陪我去了供销社，将那一篓子鸡蛋卖了，及时把爷爷的药买了回来。

但是第二天，阿湘却没有上学。

晚上放学回家，奶奶告诉我说，原来阿湘的妈妈也在给她攒鸡蛋卖钱上学，因为她还欠学杂费。可是，他的继父好抽烟，想用卖鸡蛋的钱去买烟抽。那天，她继父满屋找不到鸡蛋后，就问阿湘那么多鸡蛋都到哪儿去了。阿湘没说，继父就满院子追赶她，没有人拉架，她终于在屋檐后的柴剁旁被继父逮住。继父使劲地打阿湘，她不流泪，也不吭声。当时，阿湘的妈妈在她外公家里干活。结果，继父一失手，阿湘的脑子被打伤了，随后倒在玉米秆子上，昏迷不醒。等她妈妈回来，才把她送到医院。几天后，阿湘醒来后，变得疯疯癫癫的。她不认识自己的母亲，也不知道我是谁。

后来我离开了村子，到镇上读书。每次回去，阿湘看见我，就傻傻地笑，

还比划着写字给我看。我给她讲学校里的见闻，她眼泪汪汪，一脸愁容，头摇得比风车还要快。

继而，她弯腰捡个树枝，一阵疯跑，我跟在她屁股后撵。跑到门前的坡地上，她在犁好的田地里，用树枝划出一些刚劲有力的横竖："我的头要炸了！"

每当这时，我就泪如雨下，心里好似刀子在剜割。我愧对阿湘！内疚的心尖上仿佛生长着一个疼痛不已的肌瘤，在时间的深处，慢慢膨胀。

尽管阿湘已经失去了记忆，但在我的眼里，她还和原来一样淳朴善良。她那无私的胸怀，在我肝脏上9岁那年就冒出的一颗朱砂痣，在岁月的洗涤中，变得明亮而又光艳。我和她的感情恰似一幅精彩雅致的水彩画，珍藏愈久，色泽愈加清晰和透明。

爱的绿洲

赵谦

李小哲的老爸住院了，这可来了麻烦，因为作为独子的李小哲在单位刚担任部门经理，事业刚有起色，所以陪老父亲的时间就少了。更要命的是，妻子刘宇扬的母亲身体也不好，住在另一家医院。孩子正上幼儿园。没有办法，他先后请了两个陪护，但人家只能干些面上的事情，不可能在感情上给老人以慰藉。他为此很苦恼。后来他只好叫了非常要好的朋友李鸣去陪护，李鸣对老人就像对自己父亲一样，不光照顾得无微不至，而且还陪老人谈心聊天，老人很高兴，身体也明显恢复得快。

这天，当李小哲出差回来时，发现李鸣没来，而是换成了一个陌生青年。青年自我介绍道："我是李鸣的朋友，他临时有事，就把我叫过来了。我叫李伟军。"李小哲赶紧表示感谢。李伟军说："谢什么，大家都是朋友。"李小哲的父亲拉着李伟军的手说："小伙子，你不光心细，还很有耐心，比小哲照顾得我都好。"接着，李小哲就跟李伟军谈论自己眼下的困境，工作忙不说，两边老人住院，只恨没有分身之术。李伟军告诉李小哲都是朋友了，所以有什么难处尽管说。李伟军又来帮助照顾了两天。后来，李鸣告诉李小哲这两天李伟军是舍下了自己的生意过来帮忙的，这更让李小哲感动不已。

晚上，妻子拿着一张汇款单说："今天我又收到了八千元钱，上面还是写的孝敬我爸的。"李小哲拿过汇款单看了看，收款人一栏依然写的是老婆

的名字，上面没有汇款人的地址，署名栏里与以前一样，是：与你联合养老。这是她第三次收到这样的汇款了。

好在李小哲的爸爸没多久就出院了。但李小哲也陷入了沉思，因为老爸的身体一直不很好，说不准什么时候又要复发。而自己又是天南地北地跑。该怎么解决这个问题呢？他突然想起来老婆收到的那个汇款单，"联合养老"几个字给他的印象很深刻。他产生了一个新主意。于是就在网站上贴出了一个通知，征集80后的独生子女。他说出了自己的想法：仅靠一个人来养老，确实负担很重，不说经济上，就是精神和精力上就难以应付。他想成立一个小团体。由大伙联合起来养老。帖子发出后，让大家耳目一新，支持的人甚多。这增加了李小哲的信心。他进一步完善了自己的计划，要求愿意加入的人必须提供自己的真实信息。他为此建立了一个QQ群进行交流。他要大家在陪护时，让老人能感觉到像自己子女一样体贴，而不是成立一个基金什么的。参加的人必须有爱心，有耐心，细心。

大家踊跃报名，并推举李小哲作为领头人，负责组织和联络。经过两个多月的筹备，这个群体宣布成立了，并命名为"孝心绿洲"。他准备举行一个正式的聚会，让大家先熟悉起来。总共有26人参加聚会。各行各业的都有，大多都是有一定经济基础的，其中也有李伟军。大家畅所欲言，很快就熟悉了。并表示每年至少要进行三次这样的聚会。平时可以通过电话或者网络进行联系。首战告捷。后来在联系的过程中有些人竟然成了生意伙伴。真是一举两得。

不过对这件事情，老婆刘宇扬一直表示反对。因为她认为并不会所有的付出都能得到回报。所以李小哲请她去，她根本没有理会。

这样过了一段时间，有几个联盟的成员向李小哲反映说有一个叫王远刚的怎么也联系不上。李小哲就叫了两个朋友，按照地址去找他。在一个普通的小区里找到了王远刚。原来他母亲因病住院了。在医院陪床的只有他的妻

子一个人。与其他床位边的一大群人相比，的确有些凄凉。李小哲刚想说几句埋怨的话，王远刚把他们几个叫出来说："哥，不是我不想跟你们联系，我也知道多几个人帮忙好，可是自从上次聚会后，我就发现跟大家的条件没法比……"李小哲赶紧打断了他的话，说道："兄弟，什么也别说了，我们认识就是缘分，大家尽一份力吧。你在公司里也是刚站稳脚，我们这个年龄的人竞争压力很大，事业上能不耽误就不耽误。但是老人也必须有人照顾，还要照顾好。"大家都点头称是。一席话说得王远刚有些不好意思。这才向大家说明老人得的是胃癌，已经到了晚期。李小哲说："我们要尽最大的努力，让老人这段时间过得舒心。我们做晚辈的不要给自己留下遗憾。"

李小哲就把这件事及时通知了联盟成员。他按照居住地点和工作性质进行了值日分工，确保中间不断人。按照联盟的规定，陪护期间个人的餐费和交通费自理。不过他们还是尽量在经济上帮助王远刚家。这段时间，有记者知道了他们的事情，就在报纸上进行报道。联盟的知名度有了很大的提高。于是要求加入的人也越来越多。

赶上李小哲休年假，他来照顾了三天，人都累得黑瘦了。几天后他又发起了一次捐款活动。没想到捐的数额比较大，最多的捐了八千，有一个捐五千的。其他的也都是上千元。这给王远刚解决了很大的困难。不过因为老人病情很严重，住了一个多月的院，就去世了。大家都来帮忙，把丧礼办得很圆满。这让王远刚很感动，并且告诉李小哲一定要代他谢谢李伟军。说他不光捐款最多，还提供了其他一些帮助。李小哲一怔，看来李伟军的确是非常热心。于是就查了成员登记的详细信息，却发现在父母情况一栏里，竟然是空着的。难道他的父母都不在了？如果这样的话，他又何必参加这个联盟呢？带着这样的疑问，他打电话问李鸣是怎么回事，李鸣也说自己是在一次献血的过程中认识李伟军的，详细情况也不大知道，只知道他的父亲几年前

出过一次交通事故。李小哲又把这件事告诉了妻子。妻子说："也许他以前曾接受过别人的帮助，现在还这份人情吧。"

这天李小哲把李鸣和李伟军约在一起吃个饭，也好履行诺言替王远刚谢谢李伟军。席间，经不住大家的一直催问，李伟军才把自己的故事讲出来。他说母亲早年去世，而六年前的一天父亲在骑自行车外出时被一辆摩托车给撞倒了。摩托车主看四下无人，逃走了。正好有个路过的女青年把他扶起来并送往医院，还垫付了住院押金。等李伟军的大哥和大姐赶到时，父亲已经做完手术了。女青年说明了情况想走，李伟军的大哥却一把拉住她，一口咬定就是她撞的。女青年感到很委屈，一个劲地为自己辩白，但是由于没有证人，唯一的希望就是等老人醒过来之后再说。但是老人醒来后，在大哥的鼓噪之下，竟然也说她就是肇事者。她当时就急得大哭起来。连媒体也惊动了。在好心人的协调下，最后，女青年只得赔偿了三分之二的住院费。私下里，李伟军的父亲却很后悔，多次表示要说明事实，都被大哥他们给拉住了。这成了老人的一块心病。老人临终前，拉住李伟军的手说："我一辈子没有干过缺德事，老了竟然把人家害得这么惨。以后谁还会做好事啊！都怪你大哥这个混蛋。我走后，你一定要把这件事处理好，否则我死也难瞑目啊！"正是基于这样的原因，他才决定参加这个联盟。而且现在自己的生意也有了很大的发展，有了一定的条件，并给那个女青年邮寄了几次钱，算是赎罪。李小哲问："那个女青年叫什么名字啊？我们也好帮助一下。"李伟军犹豫了一下，说："她叫刘宇扬。"李鸣惊叫了一声，但随即被李小哲用眼神制止了。李伟军不解地问李鸣："怎么，你认识她？"李鸣摇了摇头。李小哲赶紧说："都相信好心总会有好报。其实是你的想法启发了我，才有了我们现在的成功。"李伟军刚要问为什么，他就转移了话题。

晚上回到家里，李小哲对着厨房里喊道："宇扬，你也加入我们这个联

盟吧，要相信做了好事的人永远都不会被忘记。那些寄给你的钱说不定就是你以前做了好事储存下的呢。"接着他把李伟军的事情告诉了她。听了后，她也感觉很震惊，自己的不白之冤终于洗刷掉了。她的眼泪禁不住夺眶而出，喃喃地说："但愿他能够一直这样献出他的爱心。"

后来她擦了一下眼睛说："你以为就你觉悟高啊？那八千块钱我不是都捐给王远刚了吗，只是没有告诉你。"这让李小哲很惊讶，妻子继续说，"不过我有个想法，我想单独成立一个联盟，发动起我们女同胞，不光联合养老，救灾扶贫，还可以互相照顾孩子什么的。我敢打包票比你们的孝心联盟还要火！"李小哲眼前一亮，看来无论是孝心，还是爱心，都在这个城市里传递着，成了城市里永不熄灭的温暖灯光。

毕业留言

赵谦

离高考还有不到一个月的时间，班里的同学大部分在忙着写通信录和留言簿。同学三年，来自天南地北，为了能够考上大学，实现自己的理想，真是两耳不闻窗外事，有的三年时间同学之间竟然没有说过一次话。尤其是男女同学之间，更是井水不犯河水，不敢越雷池半步。此刻快分手了，突然弥漫起一股悲壮的气氛。每个人的心里都沉甸甸的，有对未来的不确定，更多的是这一别，不知何时能重聚。

找李晓林写留言的特别多，这不光是因为她是班干部，而且学习好，还是公认的班花。她就像一个骄傲的公主，更像一朵盛开的荷花，带给同学们美丽和快乐。她的留言能够因人而异，既有对性格的分析，又有对三年的总结，也有对未来的展望，让人看了心悦诚服。很多女生也以她为标杆，只要看她写给谁，内容是什么，也就会参考甚至效仿。

下了晚自习，回到宿舍是她们一天中最快乐的时候。大家都在谈论毕业留言的事情。一个叫叶紫的女生说："我今天写了八个，其中还有两个三班的男生。"舍友一阵起哄，让她交代留言的内容。叶紫赶紧投降："那我就说说给刘建业的留言吧。""什么？刘建业也找你写留言了？"大家很奇怪。"是啊，人家把本子给我，总不能驳面子吧。""那你写的什么？你可要当心啊，说不准是看上你了。"大家又是一阵哄笑。叶紫先是"呸"了一下，

然后朗诵了她的留言：祝你走得快一点，最好能飞起来，你要做雄鹰，到远方觅食，寻找自己的田园。大家笑得更厉害了。谁都知道，刘建业左腿有点瘸，走路时总是一颠一颠的。这样的内容多少有点讽刺的意味。大家也知道，叶紫跟刘建业有矛盾，有一次在食堂打饭，叶紫插队，被刘建业当众批评，叶紫为此一直耿耿于怀。除此以外，刘建业再没什么让人瞩目的地方，尽管很刻苦，但成绩却一般。许多人甚至不知道班里还有他这个人呢。这时一声不吭的李晓林说："你可有点过分了，小心挨骂啊。"旁边一个女生说："李晓林，如果刘建业让你写，你会写什么啊？"李晓林想了想说："我干脆就写好好学习，天天向上。总之我不会无缘无故地贬人家，不过他不大可能让我写的。"另一个女生说："就这么简单啊，不过我猜想你是绝不会给刘建业写留言的。""好啊，我们看看这几天晓林会给谁写吧。"李晓林脸一红，赶紧岔开话："希望大家多为别人想想，别光图嘴上快活，人家刘建业又没招惹你们，快熄灯睡觉，老师要来查房了。"叶紫不高兴地撇撇嘴。

这天吃过晚饭回到教室时，李晓林的同桌王小叶碰了一下她，然后朝王大雷的座位上努努嘴，李晓林往那儿一看，空荡荡的，不仅人没有来，连平时堆得像小山一样的书也没有了。她的心一沉。早就听别人说他这几天准备回家里复习，没想到果真走了，连个招呼也不打。可是话说回来，这招呼怎么打啊，平时都不说话的，只不过把那点犯罪般的爱意埋藏在心底里罢了。王大雷长得很帅气，学习又好，有点大众情人的派头。

第二节晚自习刚上的时候，她看见桌子上放着一个留言本，蓝蓝的皮，像美丽的天空。上面是一朵盛开的红红的荷花。她的心开始突突跳起来，这好像是王大雷的留言簿，难道他人走了，却把本子留给自己？她拿起来仔细看，前面写的几张已经用钉书钉给钉死了，只留着空白页。"你要给王大雷写吗？"看着她若有所思的表情，王小叶问道。李晓林郑重地点点头。"你写我也写。"

王小叶说道。李晓林于是很认真地写起来，好像没有一次像这次那么流畅，那些想了好多天的话此刻像喷泉一样一涌而出，挡也挡不住。既含蓄，又不失火热。她写得比其他任何一次都认真和畅快。最后签上自己的名字。给了王小叶，说："你一定让大家都写留言。"

王小叶把它拿回宿舍，很快，王大雷的留言本上写满了全班绝大多数女生的留言。此后十几天的复习，她调整好情绪，这热情一高涨，学习效果就好。把学过的重点知识像捡珍珠一样从头至尾串了一遍，这项工作老师很早就要求，她却没有来得及做呢。

时间一天比一天过得快，转眼到了高考的时间。李晓林发挥得很理想，考上了一所重点大学，毕业后进了机关工作，后来结婚生女。再后来她辞掉安稳的工作，下海经商。她做一个国际著名品牌的汽车经销商，这几乎是一种国际顶级车，价格高得要命，据说在发达国家每年也就卖几十辆，但厂家看到了中国的发展潜力，所以在选择经销商上也是格外小心。李晓林发挥聪明才智，利用自己的人际关系，业绩一直很好，也得到了应有的回报。但是天有不测风云，有一天，来了一对穿着入时，大老板模样的夫妻，张口就说要提两辆车。说是要送给两个孩子做结婚礼物，他们首付比例很高，并承诺余下的钱三个月内付清。这简直就是一笔大买卖，李晓林看过他们的资料后，就果断发了货。可是三个月过去了，再也没有见到那对夫妻的影子，打电话过去显示停机，她这才慌了手脚，把那些资料拿到相关部门核查，竟然全是假的。按照厂家的规定，这些损失当然要由她来赔，这一次她几乎倾家荡产了。

但是坐以待毙也不是她的性格。正当别人以为她这次死定了的时候，她却向总公司申请，要求继续向她供货。但是遭到拒绝，原以为靠着她以前良好的信誉和骄人的业绩，总公司会网开一面，现在看来自己是太幼稚了，国外公司是不相信所谓承诺的，更不相信眼泪。那些在铁的制度面前苍白无力。

她真到了无望的地步。正在这时，奇迹出现了，总公司通知她每辆车付百分之五的现款后就可以继续代理。这简直就是天上掉下的大馅饼。而且几乎是专为她量身定做的，因为这是她所能筹集到的最高数额了。她十分珍惜这次机会，比以前更加勤奋，也更加小心，业绩很快就超过了出事以前，很快还完了借款。

这天她来公司找到老总表示感谢，老总笑着说："不要感谢我，应该感谢你自己，当然还有他，我们公司在中国区的副总。"说着指了指旁边的一个年轻人。李晓林这才看见年轻人正冲自己微笑呢，她一下子惊呆了，天哪，竟然是刘建业！此刻的他，一身笔挺的蓝色西装，红色的领带，看上去成熟稳重。老总继续说："是他为你担保的，这可是我们从来没有过的事情。"刘建业仍然微笑着说："你的能力和品格我当然了解。"

两人坐在咖啡厅，看着窗外穿梭的车流和初上的华灯，感觉仿佛置身梦中。李晓林抿了一口咖啡，说："老同学，真有你的，竟然干得这么好。"刘建业说："你要知道我那年高考没有考好，本来家里是让我放弃的，但是也不知哪里来了一股子倔劲，非要选择复读，第二年终于如愿以偿，考上一所心仪的大学，学习营销专业。"李晓林边佩服地看着他，边点着头。刘建业继续说："你知道，我的身体先天不占优势，经常被取笑，所以只有比别人多付出，才会收获到跟别人一样多的果实，说起来，我的动力之源还离不开你呢。""我？"李晓林有些莫名其妙。刘建业笑着说："你还记得我们临毕业时的留言吗？"李晓林仿佛又回到那令人难忘的高中时代，那千军万马过独木桥的时代。刘建业说着就很熟练地背起那些华丽的令人振奋的句子。

刘建业笑着说："这正是我要感谢你的地方，你知道，那时候我就像一只默默的小虫，没有人注意，当临近毕业写留言的时候，一开始招来的却是挖苦和奚落，尽管只是少数几个人，但也足以摧毁一颗本来就很脆弱的心，

正是你的那些话语，像黑暗中的一缕阳光，让我看到了生活的美好，有了生活和学习的勇气。在你的留言后面，是班里其余女生的留言，我后来才知道大家都写得这么好是因为拿你做榜样，你带了个好头。每当我孤独和情绪低落的时候，总有你的影子出现在我面前，好像你总在督促我，催我奋进，我知道你考上了重点大学。所以我暗下决心，一定也要考上，到时候就有资本去找你了。所以我才在复读的一年里坚持下来，最终取得成功。你或许想象不到那时候我是多么艰难，无论是我的身体还是贫穷的家庭方面。可是，"刘建业顿了顿继续说，"我后来才知道是误会了，就在我考上大学的那一年，我到另一所重点大学去找老同学玩，看见了王大雷身边的留言簿才明白，他的本子跟我的几乎一模一样，你当初一定是弄错了，以为那是他的本子。可是你温馨的语言却无意中帮助了我，而且作为班长，你从来都是那么善良和富有爱心。"

李晓林咯咯一笑，说："实话说我根本就没有弄错。"

"你说什么？"刘建业张大嘴巴不相信地问。

"你的留言本上面的那朵荷花是不是红的？"刘建业点点头，"是啊。""可是你难道没注意到王大雷的那上面是一朵粉色的？"

刘建业更加吃惊了，她说得没错，在王大雷的大学宿舍里，两个人还对比过这个细节呢。"难道你早就知道了？"

李晓林点点头。"我其实已经知道，王大雷和叶紫两个人是一块离校的。爱吃小醋的叶紫早就把他的留言本给藏起来带走了。"稍停，李晓林说，"我不知道，当时是否还有更好的方式可以帮助你。"

不可缺少的人

沈岳明

    李海是一位品菜师，王林则是一位厨师，两人同在"醉仙人"酒楼供职了十几年。每天，当王林做好的菜，被服务员从厨房端出来之后，首先就是交给李海品尝，在李海品尝了，并且获得了他的许可之后，才会端到客人的桌上去。

    刚开始的那几年，王林做的菜在李海品尝之后还经常遭到退回，在李海的"百般刁难"之后，慢慢地，王林做的菜退得越来越少了，特别是近几年，居然一个菜也没退回过。李海每次品尝之后，还会不由自主地发出"啧啧"的赞叹声。同时，"醉仙人"酒楼的生意也越来越红火。

    可是，天有不测风云，李海突然被医院查出患了咽喉癌，在他做完手术之后，虽然咽喉治好了，但却留下了后遗症——失去了味觉。一个以品菜为职业的人，突然失去了味觉，那还不得下岗？为此，李海苦恼不已。好在王林做菜的技术已经炉火纯青，也不再需要他来品尝了。

    一天，李海终于跟王林断断续续地表达了自己想离开酒楼的意思。可是，还没等李海将事情讲清楚，王林便急切地说："不行、不行，你可不能走，你要是走了，今后还有谁来给我品菜呢。"李海说："你现在的厨艺已经达到炉火纯青的地步了，根本就不需要别人来品菜了。"但王林说什么也不让李海走。

　　李海自然是不想走的，因为他也有一家人要养活，但他又是一个要强的人，明明知道自己失去了味觉，还要假装在那里品菜，那不是坑人吗？他想，如果"醉仙人"酒楼的老板，知道自己是这么一个"小人"，那他的脸还往哪儿搁呀？最终，李海还是选择悄悄地离开了。

　　那天，正当李海在一个广告栏前看招工广告时，突然遇到了"醉仙人"酒楼的老板。老板一把抓住李海，就像抓住了一根救命的稻草一样，说："可找到你了，你不知道，自从你走后，酒楼就乱了套，已经有好几个客人要求退菜了，照这样下去，那我的酒楼迟早是要倒闭的！李海，我求求你了，你就跟我回去吧，哪怕是装装样子也行啊。"

　　李海苦着脸说："老板，我不是跟您说过了吗，我已经没有味觉了，吃什么东西都是淡淡的，哪里还能品出菜的味道啊。"老板突然来了主意："说，你失去味觉的事情，只有我们两个人知道，这事只要不告诉王林与酒楼的客人们不就行了。王林之所以这几天发挥不好，完全是受了你离开的影响，只要你还像往常一样坐在那里品菜，王林的心里没有顾虑了，自然发挥就正常了嘛。"

　　在老板的苦苦哀求之下，李海只得同意回酒楼。结果，出人意料的是，客人们竟然没有一个人退菜了。虽然一切又回到了原来的样子：王林做菜的手艺发挥得好，酒楼的生意非常火爆，只是，李海却受不了自己假模假样地坐在那里品菜的样子。明知道自己失去了味觉，还要假装品出了鲜美的味道，这让他的心里很难受！

　　但"醉仙人"酒楼的老板却不这么想，他只要自己的生意好，管你是不是真的在那里品菜呢。见李海不高兴，又提出给他加工资，只要他不走就行。无奈，李海只得留了下来。

　　时间过得很快，转眼又是十几年时间过去了，李海和王林都到了退休的

年龄。在这十几年时间里，李海的心里一直有一个疙瘩无法解开，为此，他每天都经受着良心的煎熬，在退休之际，他发誓一定要将自己心里的疙瘩解开，那就是向王林说明一切真相，不然，他就是死也无法瞑目。

可是，当王林得知真相后，竟然毫不惊讶。原来，王林早就看到了李海的手术单，并清楚地知道他已经失去了味觉。李海吃惊地问："既然你早就知道我是在那里假装品菜，为什么又发挥得那么好了呢？"王林认真地说："老哥，你不是也说过吗，我做菜的手艺早就达到了炉火纯青的地步了，哪还需要人品菜呀？你想想，你在酒楼里干了那么多年，一旦离开，又能干什么工作呢，你可是跟我一样，上有老下有小，一大家子都需要你来养活啊。"

李海听着听着，不知不觉便流下了眼泪，说："这么说，那时当我走后，你是故意将菜做坏让客人退菜，然后达到将我留下来的目的？"王林点了点头。李海激动地说："老弟，你对我真是太好了，为了我，你得受多大的委屈啊，在别人眼里，你永远是一个不成熟的厨师，永远离不开品菜师，你为我付出得实在是太多了！"王林说："老哥，什么都别说了，如果当时那个有可能下岗的人换成是我，我想，你也一定会这么做的！"

说完，这对在一起工作了一辈子的老哥俩，紧紧地拥抱在了一起。

第三辑
对你笑一笑

　　场上是对手，场下是朋友，让"爱"的溪流荡涤"恨"的泥沙并汇聚成一种澄澈阔远的大境界，于是，在羽坛上"缠斗"已多年的林丹与李宗伟两人不仅互相成就了对方的精彩和高度，还注定要成为对方职业生涯乃至整个人生征程中抹不去的珍贵回忆和逝不去的壮美风景。

淡淡柠檬香

[澳大利亚] 沃洛妮加·达伊曼 翻译：孙开元

一天，我在马路边上一所邻居的房子前看到一个铁桶，里面装的都是颜色鲜黄、没有半点瑕疵的柠檬。桶边上靠着一块手写的告示牌，上面写着："免费柠檬，喜欢就拿。"

我随手拿了两个诱人的柠檬，而这位陌生邻居的慷慨也让我开心了很久。于是回到家坐下来，找出最好的笔和纸，工工整整地写了一封感谢信，但是没留下我的姓名和地址。在下一次经过那所"柠檬屋"时，我把这封信投进了屋子门口的信箱。

一个星期后，我在报纸上发现了一篇文章，标题是《美意柠檬》，文章写道："今年我们的柠檬大丰收，我不想浪费了，就把它们装在桶里，放在房前免费送给过路人。几天前，我收到了一封字体优美的信，写信人感谢我送的柠檬，但是没留名字和地址。收到这封信完全出乎我的意料，但是让我感到欣慰至极。现在我通过报纸，感谢那位匿名朋友给我带来的快乐。"

我知道这篇文章是我的那位邻居写的，心中不禁涌起一阵暖流，没想到一个小小的善意交流竟然对我们两个从没见过面的人产生了这样大的影响。

我每天出门都会从那所房子前路过。一天，我看到一个身材弱小的老太太正站在她家门口的信箱前。我们朝对方互相微笑了一下，我对她说了声"你好"，然后夸赞着她的房子和花园很漂亮。"那是我丈夫比尔设计的房子，

也是他盖起来的，他最喜欢的是花园。"老太太说，"但是他去年去世了，我只好雇了个园工来管理花园。"

停了一会儿，她看了看四周说："只要来到这座花园里，我就感觉比尔还活在身边似的。"

听到这里，我的眼泪差点儿流出来，我想告诉这位名叫格蕾西的可爱的老太太，我就是那个给她写感谢信的人。但不知为什么，我没说出口。

一个多星期后，我看到邻居的房子前面更热闹了，人来车往，很是忙碌。又过了几天，我惊讶地看到一辆搬家车停在了路边，一位衣着整洁的中年女士正站在房子前打电话。走近了一些之后，我听到她说："妈妈永远不会同意我把这所房子卖掉，我自己也舍不得。"

她转身朝房子走了过去，我听不到她后面的话了，但是有一种不祥的预感，格蕾西老太太可能出了什么事。

我等着那位女士打完了电话，走过去问她："冒昧地问一下，格蕾西还好吗？"女士的目光黯淡了下来，轻声回答："上个星期，我妈妈在睡梦中安详地走了。"

"很遗憾听到你的不幸。"我说。我没想到格蕾西的去世会让我这样伤心，我竟然一时说不出话来。沉默了许久之后，我把柠檬的事告诉了格蕾西的女儿。"原来是你啊！"她叫了起来，"妈妈跟我说过那封信的事……你不知道那封信对她来说是多么有意义！"

我参加了格蕾西的葬礼，也见到了她的其他一些家人和朋友。通过他们的回忆，我对我的这位"柠檬女士"有了更深的了解。

从那以后，我和格蕾西的女儿萨拉建立了深厚的友谊，因为萨拉不打算卖掉那所房子，我就和她商量，把房子租了下来。

现在，我住进了这所飘散着淡淡清香的"柠檬屋"，亲手照管起了格蕾

西和比尔的花园。花园里种的一颗柠檬树每年都会结出丰硕的果实，每到这时，我就会把一只光亮的蓝色铁桶放在前院，往里面装进漂亮的柠檬，再给邻居们写下一个告示牌："喜欢就拿——为了纪念格蕾西和比尔。"

地瓜干，地瓜干

顾文显

所有从 1961 年过来的人，至今都怕提"饥饿"二字。

那时候，中国除了饥饿几乎没别的，自来水以外凡能入口的都限量购买。肉，每年见不到三两回；豆腐，崩星儿能按人发票，每票一块，交八分钱。总之，一切离了票不行。

我似乎读五年级，刚开学。这天，爸爸从市郊回来度周末。他要喝点酒，想了想，找出一个豆腐票和一角钱，让我买豆腐去。

我拿起一只碗，奔向市场。我有些忘乎所以。爸刚才对我似乎是笑了笑，他难得给我个好脸色。我边撒目着两边楼墙上贴的戏剧海报，边寻找豆腐摊，不知从哪儿窜出个野孩子来，撞我一下，"叭"，手中的碗掉在地上，打得粉碎！而野孩子早钻进人丛中了。老天，我才发现，我手中的豆腐票和那一角钱不见影儿啦。脑袋登时大起来，左找右找，所有的兜都翻了数遍，没有，当然不会有！

这时我成了一个游魂，闹喧喧穷飕飕的青岛市对我仿佛已不存在，眼前闪现的全是爸那一成不变的狰狞目光。死吧，我想，我早就该死了。不敢回家，虽然我坐在礁石上的时候细回想家里还是有温暖的，可爸的摧残这回肯定要升级到我无法承受的地步。

在海滩，我坚决要自杀的，可当海水涌来时又胆怯了。这时，我遇到卢光由。

他是我班成绩最差的学生，平时，我顶瞧不起他，而这回，却如见着了救星，把心里的苦恼一家伙全倒了出来。

卢光由道："你去我家吧，明天是周日，办法总会多一些的。"

卢光由的父母搭了个小铺让我和光由挤着睡，晚饭没吃，肚子连咕噜的劲儿都没了。他们不可能问我吃饭了没，问了也白问那时候每人一天只几两粮，家家有秤，称着吃，而且啥副食都没有！

我和卢光由没敢将丢豆腐票的事说出，怕惹起他父母的同仇敌忾。次日一早，我悄悄说准一个地方，饿着肚子去等卢光由。

在约定的地方，我等了也许是今生中最漫长的一个多小时，他会不会失约，这个我平时最看不上的同窗？他若不来，我可怎么办？可是，卢光由不仅来了，并且带来六个同学，都是学习不好或不甚好的。我待在那里，昔日的自豪感荡然无存，虽然有了这么多熟人，但他们能帮助我什么？

一方脏兮兮的小手绢里包了七片地瓜干，是那种生切了晒的。卢光由说："俺们从家里偷的，一人偷一块，你吃吧。"地瓜干本应煮了吃，但我什么也不顾，放到嘴里就嚼，我敢说，我再也没吃到这么可口的东西！自打懂事起，我最恨的便是个"偷"字，偏偏几个同学用我最反感的手段给了我这样的援助呵，人的意志和信仰原来是如此容易动摇！豆腐票还是没有。我害怕他们几个离我而去，然而他们终究是要回家的。

太阳很毒。一个同学提议，分头在各大马路捡碎玻璃吧，废品收购站几分钱一斤。别的也行，凡是能卖钱的，如烟头、破布、铁。

我拼命地沿着划归我的几条马路寻找，虚汗淋漓，我应当多干。后来，大家聚到平度路附近那个小公园时，我目瞪口呆：七个人唯我收获最少！那一刻始，我才知道，自己是个很低能的人。

七个同学卖掉废品，搜光所有口袋，为我在黑市上购得一块豆腐，战战

兢兢地送我到严厉的父亲面前，一律用颤抖的声音哀求："大爷（伯），别打他。"

寒假过后，一开学，我听到，卢光由死了！他家生活太贫困，一个弟弟从农村来，没户口，当然不可能有粮。他得了浮肿、肝病，临死，还说过开学要求我帮他补课……

事情已过 35 年，走南闯北，山珍海味，吃过也就拉倒。独独有七片生晒的地瓜干在我的记忆中顽强地存留着，七位同学的名字也记在我心中。我一定要选个庄重的日子，把这段故事讲给我的子侄们听，并告诫他们要珍惜粮食，要珍惜友谊。

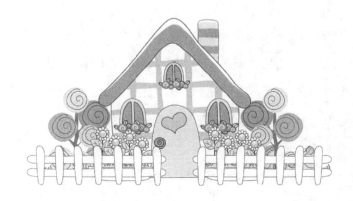

第一桶"金"

钟志红

在我拿到大学录取通知书的那一天，双双下岗多年的父母亲却怎么也高兴不起来。我从他们手足无措中感到他们的焦躁。也就是那一天晚上，二老在他们的卧室里嘀咕了一夜后，第二天双双早早地出门去了——他们去银行取出所有的积蓄，又找到所有的亲戚，也去求助了所有认识的朋友，还有朋友的朋友的朋友——就在我开学的第二天，父母"上岗"开了一片小杂货铺，也开启了钟氏家族三代人从商的先河。由于小店位置偏僻，人气不足，地头只有几米见方，商品品种不多，经营手段单一，收益可想而知。加之二老羞羞答答、憨厚有余，三个月下来，要不是省吃俭用一准会赊不少钱的。好在，他们的厚道渐渐被客户所认知和接受。

上大学后的第一个寒假回家时，离春节只有十来天，可父母每天还是披星而出，戴月而归——小店总是第一个开门，肯定是最后一个打烊。小店每天关门后，父亲睡在店子里，这样晚上一有客人敲门买一盒香烟或是方便面什么的，他一准一个鲤鱼打挺翻身而起。这一切，我看在眼里，痛在心上。

小店来了一位报社的发行员大姐，与父母协商欲利用店铺代销报纸。她说，每天早晨5点以前，她一准会送来报纸，一份零售五角，进多少的数量由我们定。每天售不完可退，退的报进价是三角一份；如果不退，就是两角。父亲犹豫不决，想多赚那么一角钱，可又担心天气等诸多因素。最后，在我"卖

不完上街去卖"的承诺下，父亲终于答应"试试看"。

由于没有更多的人知道我们的小店还在零售报纸，所以第一天出师不利。到了下午5时，进的20份报纸还剩5份报纸没有主儿，这可是一元钱呀！还从来没有赚过一分钱的我，硬着头皮拿着余报往外走。可在大街上，我的头脑真是一片空白，怎么都觉得是在众目睽睽之中，总能感觉得到每一个人都把眼睛镶嵌在我的身上，仿佛我不是着装怪异、脸上涂鸦，就是活脱的一只珍稀"国宝"，我死活连吭一声"卖报"的勇气都没有。躲入没人的小巷里，我长呼一口气，用拳砸着胸脯，迸出一句吆喝声来，可那发出的声音甚至都让自己都怀疑自己是否能听见。可想到父母憔悴的面容、忙碌的身影，我直骂自己是一个守着面子的孬种、窝囊废。我再次鼓足勇气走到巷口时，这第一声"卖——"字倒是出口了，可"报"字还是缩了回去。我更是浑身发烫，头耷得厉害，就像是我偷了谁的钱包；我再咬咬牙，依然如故，只好举手扬着报纸，可只挥了几下，手臂又不听使唤地疲软了下来……

一生中我都要感激这么一个人。她，看上去也只有十六七岁，人不算很漂亮，可一双眼睛蕴有音乐旋律般灵动。她来到我跟前，细声细语地说："我来一份！"谢天谢地，我简直视她为恩人，让我收入了生平的第一分钱。可她并没急着离去，而是静静地看我片刻，然后扑哧地笑出声了："你是第一天卖报纸吗？"

我点点头，可又晃了晃头。

她说："看得出来你是个大学生，咋想起卖报纸来着？是在社会实践吧？"

我不置可否。

她又说："我也今年考大学。不过我可是从5岁就跟着父母摆地摊了。"

她又说："我想给你一个建议，不知你愿意听不？"

她又说："每天的报纸大都是在上午10点前最好出售的。你没想过过了

中午12点就以成本价卖，这样就不亏吗？"

她的建议不无道理。也是，12点前的报纸该赚的都赚了，下午出售的能收回成本价不也是不赚当赢利的。

我抬起头对她心存感激地点点头。

没想到她接着说："你要是同意，就按我的主意，让我帮你卖吧！也算我带带你。"

她不容我回答，就从我手里抢过报纸来，随意地瞟了眼头版新闻，振臂一扬手中的报纸，一边叫着："看报，看伊拉克最新战况……"她还没走到不足百米的公交车站台处，手中的报纸已销售一空。

当时，我无法想象我在这样的一个女孩面前，是怎样的一个猥琐男人的形象，这是一两句感谢的话所不能掩饰得住的，说一句是我的耻辱也过分不到哪儿去。可她不以为然，却"咯咯"地笑了："看来你真没认出我是谁。我可认识你，你姓钟对吧？你家就在我家的斜对面，你可能不记得我们小时还常常在一起玩哩！"

经我仔细审视，不禁脱口而出："你……你是……小兮？"

从那天起，小兮每天午饭过后一定会来我家小店看看，若是还有剩报，她一准就领着我去大街上吆喝着卖去了。几天过去后，我仿佛长大了许多。我也毫不畏惧地独自一人大声吼："卖报，卖——报！"

以后，我不再矜持、羞涩。每个假期里，我为减轻父母供我读书的负担，开始了兜售报刊，或去餐馆打短工。到了我大学毕业后，与朋友合开了一家广告公司，常常会上街分发宣传资料，也会主动热情地拦下陌路人，口若悬河地做市场调研。

我很感激小兮，她是我的领路人，她不仅让我挣到了第一分钱，也引导我赚到了实现自我价值的"第一桶金"，让我向社会大学迈出了第一步。

对你笑一笑

袁淑伟

张浩浩在课间拿着小尺耍着玩，不小心碰到了李晨晨的脸，李晨晨粉嫩的小脸瞬间起了红红的道子，张浩浩连说对不起，李晨晨觉得脸很疼，眼泪都要流出来了，可是那么多同学看着，他强忍住眼泪，说了声没关系。

很快就上课了，张浩浩觉得很内疚，一节课都没心思听。他想，李晨晨最喜欢看《猫武士》了，自己有整套的，原来都没舍得借给他，这下一定要好好弥补他。

放学的时候，家长都来接。李晨晨的妈妈一眼就看到了儿子脸上的红道道，谁打的？晨晨妈心疼不已。李晨晨扑在妈妈怀里委屈地哭了。"谁打的？谁打的？"晨晨妈气势汹汹，连声质问。李晨晨一指张浩浩。

张浩浩正想跟妈妈回家，被晨晨妈一把拽住："干吗打我家晨晨？"

"阿姨，我不是故意的，而且，我已经跟他道歉了。"张浩浩怯怯地说。

"什么什么，道歉就得了，那么说，我打你几下再给你道歉行吗？"晨晨妈爱子心切，揪住浩浩的胳膊晃来晃去。

"你干吗呀，怎么这么没教养！"浩浩妈在一旁不干了，冲着晨晨妈喊。

"你才没教养，你看看，你儿子把我儿子打的。"晨晨妈拉过晨晨让浩浩妈看。

"孩子又不是故意的，碰伤了我给你治，有什么大不了。再说，你那么大人，

怎能跟孩子计较呢！"

············

在一旁的张浩浩和李晨晨你望望我，我望望你，看着四周围上很多人，难为情极了。

两个妈妈在众人的劝说下才都不服气地离开。

浩浩妈嘱咐儿子："以后离这个晨晨远点，他的妈妈太不讲理。"

晨晨妈嘱咐儿子："以后不要再理这个浩浩，那么野蛮。"

下午在学校里，浩浩和晨晨都明显不开心。浩浩把《猫武士》带来了，却不好意思给晨晨看，几次想跟晨晨搭讪，都被他冷漠的表情给挡了回来。

其实晨晨也难过极了，不就是一个小道道吗？现在已经不疼了，而且几乎看不出来了，怎么中午就跟妈妈委屈地哭呢，怎么就没有坚持一下呢。现在，两个妈妈闹僵了，害得他也失去了友情。一看到浩浩那落寞的样儿，心就嘶啦啦疼。

课间，班上有个同学说笑话，很多人都围拢来，晨晨虽然没心思听，但还是被他的幽默逗得扑哧笑了，李晨晨笑的时候偷偷看了眼张浩浩，他想知道他笑没笑。张浩浩没有听到同学的笑话，但他时刻在关注着李晨晨，他看到了李晨晨的笑。

张浩浩开心极了，晨晨对自己笑了，说明他原谅自己了，其实上午他就说过没关系了，要不是两个妈妈掺和，他们俩早该在一起看《猫武士》了。可是可是，中午两个妈妈闹得那么凶，妈妈千叮咛万嘱咐不要再理晨晨。可是可是，那又怎样呢？有什么比友情更重要呢？而且，晨晨已经对自己笑了，晨晨不爱表达，他能主动对自己笑，就表示他愿意和好呀。

张浩浩鼓起了勇气，拿出《猫武士》走到李晨晨面前，说："李晨晨，咱们一起看《猫武士》吧！"李晨晨愣了一下，他没想到张浩浩能不计前嫌，

毕竟中午妈妈那样让他难堪。"好啊，我们一起看。"李晨晨接过《猫武士》。

俩人和好了，没人再提起家长间的纠纷，也没人再提那个红道道，不知道从什么时候开始，红道道已经不见了。俩人成了比原来关系还好的朋友。

张浩浩说："要不是那天你先对我笑一笑，我还真不敢主动跟你和好。"

李晨晨说："要不是你主动跟我看《猫武士》，我也不敢主动跟你和好。可是，我哪里对你笑呢？"

"有过啊，你先对我笑的，笑容可好看了，这样笑的。"张浩浩说着，模仿着李晨晨笑的样子，还扮着鬼脸，滑稽极了，李晨晨笑弯了腰。

李晨晨说："那好，我每天对你笑一笑。"他也学着张浩浩的样子扮鬼脸。

俩人调皮欢快的笑声，跑了很远很远。

二胡之梦

顾文显

　　很小的时候，我就喜欢音乐，特别是羡慕那些器乐演奏家，你看，就是那么普普通通的一个乐件，经他们一吹或一拉，优美的曲子就奏响了，比大活人嘴里唱得更动听，真是奇妙无比！我想，我将来一定要当一名乐师，往舞台那么一坐，啥名角儿都得听我的，神气透啦！

　　可是，12周岁那年，我父亲傻乎乎地把我们全家从青岛市中心迁走，搬到一个无电无水无学校，只有100多人口的偏僻山村，这儿除一个跳大神的会鬼哭狼嚎地吼几句，再没会哼哼调儿的，也就等于把我永远地关在音乐大殿的门外，那时候，没有禁止使用童工的法令，我只好成为生产队的劳动力。

　　5年后，我们队回乡一位初中毕业的青年，姓薛，他很聪明好学。有一天，他不知从什么地方搞到一支简易竹笛，并能吹一些曲子，我和二弟跟着他在小山沟里唱完正月、二月，小山沟开天辟地头一回有了歌声，我们受到各家贵宾般的接待！这一下子燃起我心底隐藏多年也并没熄灭的火苗，我花了1角4分钱托人从十里外的小镇买回一支笛子。

　　谁知道，刚吹了几天，我父亲就出面干涉。他不想承认自己专想把我培养成劳动工具的用心，爱音乐必然耽误干活呢，他说，吹笛子伤气，为你以后的健康，不准吹。他又说，拉二胡可以。

　　二胡，我当然也喜欢，但去哪儿买？父亲明知我根本买不起才开了这个

"恩",那位小山村文化的启蒙鼻祖薛老师搞到了一把破京胡,这是我们当地最高档的乐器,我只能干眼馋,费尽心思从山上搞回一截烂心木筒,剥一段蛇皮做成琴仓,真是太遗憾啦,蛇皮太薄,制造技术又差,用尽九牛二虎之力做成的"土二胡"根本发不出声音!

这件事让我伤心了好久。但我要成为二胡演奏家的美梦绝不肯轻易破灭呵。我想,一定要攒钱买把二胡,我在十里外的大队看到一把毛泽东思想宣传队的二胡,很高档,带机轴的,真把我眼馋死啦,一问价,让它吓个半昏:54 元!

54 元,在当时要 1000 工分,相当于一个整劳力不吃不喝辛苦 100 多天的工资!我在家里毫无地位,一年难得几次去外地买东西的机会,回来要把账目跟父亲一分一分地算清,要买回这样的二胡,太难啦。

可我已经有了 12 元钱,藏在草房的箔条里,既怕父亲发现,又怕老鼠咬,一年中要查看 300 多次的。下决心买二胡以后,我千方百计攒钱,割草,采药,还必须瞒着父亲托邻居帮助卖。一旦漏了风声,就得归公,父亲在家里实行公有制的。有一次去市里,看到一把摔掉了脑袋的二胡,减价到 34 元,那摔断的琴脑袋完全可以用万能胶粘上的,但是我总共才积攒了 29 元多,只好干着急……

我觉得再奋斗三五年,说什么也能实现我的二胡梦,于是,我开始在大脑内想象一把二胡,左手练指法,右手练弓法,无论挑粪还是扶犁,我总把左手按在扁担上或绳套上,一边默唱着曲谱一边练手指,夜里,在炕沿上,棉被上,一练大半夜,我的左棉裤膝盖以下棉絮动不动就滚了疙瘩,母亲感到奇怪:这是咋啦?只有我清楚,我在腿上练指法呢。

1971 年,我为二胡整整地攒了六个年头,钱还差一些。这年冬天,我随生产队的马车组去通化市五道江搞副业,结识了一位叫刘法常的鞋匠朋友,

他因病被煤矿无理开除，家中 5 口人蜗居于路边一间小简易房内，吃了上顿没下顿，跟我讲起他的经历时，30 多岁的汉子，鼻涕一把泪一把，他打算去北京告状，可钱在哪里？

我连夜赶回家中，走了 30 里路，从房箔上取下我多年积攒的血汗，一遍又一遍地数，数够了，心疼地藏回原处，想一阵，又把它们取下来。这样直折腾到天明，我一咬牙，将钱揣在兜里，送去给刘法常，还帮他写了份上诉状。

刘法常获得了每月每口人 8 元钱的生活补贴，直到他 13 年后病死。

我呢，命里和二胡无缘，终于在音乐上毫无造就。然而，我从未因此后悔过，我酷爱二胡，但更忠于朋友，二者之间，你说我选择什么！在刚刚迈出真正人生的第一步，我用 46 元钱，写成了我自认为十分精彩的乐曲，凭什么还要再苦苦地想那二胡？

和对手交朋友

张云广

"我对他又爱又恨。"李宗伟所说的"他"指的是林丹。

"我对他没有恨，只有爱。"林丹所说的"他"指的是李宗伟。

在世界羽坛上，林丹和李宗伟都是不朽的传奇，而两人之间的"交锋交往史"则无疑是另一种更有看点的传奇。

林丹与李宗伟激情演绎的羽坛"二人转"最早可以追溯到2004年。2004年汤姆斯杯，林丹以2比1逆转获胜登上了荣耀最高峰。这是两人的第一次"斗法"，那时的林丹在中国羽坛上不过是一位新秀，而比林丹小一岁的华裔大男孩李宗伟在马来西亚羽坛上也只不过是一位出道未久的小师弟，后者甚至没有参加当年的雅典奥运会。

也就是在2004年以后，随着盖德、陶菲克等名将竞技状态的下行，世界羽坛逐渐进入了林李争锋的双子星时代。在这一时代里，能够撼动林丹之"超级丹"地位的只有李宗伟一人。

12岁就成为一名军人的林丹身体素质极好，擅长拉吊突击和鱼跃救球；性格相对沉稳的李宗伟变速能力强，对落点判断精准，具备出色的攻防能力。"球"逢对手，有对方在就没有懈怠的借口，就没有止步的理由，正是对方的存在保证了自己的球技不断地由精湛走向更加精湛。

像一对路窄的冤家，从汤姆斯杯到苏迪曼杯，从亚运会到奥运会，从各

地公开赛到世锦赛，最后进入巅峰对决的几乎毫无悬念都是林李二人。然而，值得一提的是，赛场上浓郁的火药味儿从来都没有蔓延到赛场下。两人不但没有积怨日深成为对头，而且关系也由起初的互敬距离型向成熟亲密型发展，友情之舟在日渐宽阔的河面上扬帆前行！

2011年中秋节，林丹和李宗伟以互发短信的方式祝对方佳节愉快，在两人看来，对方已经成为自己生活中的一个重要组成部分。

2012年世界羽联超级赛总决赛时，林丹风趣地说："差不多每周或者每十天就能（和李宗伟）在比赛中遇上，比见我老婆的次数还多。"他甚至进一步调侃道，两人切磋了将近十年的球技，彼此之间太过熟悉已无秘密可言，简直有点儿"审美疲劳"了。对此，李宗伟也有同感。其实，深知自己和对方的羽坛之路都不会太长的二人早已懂得了"珍惜"——珍惜每一场共同参加的比赛，珍惜每一次交锋的缘分。

2012年伦敦奥运会，拿到决赛入场券后的李宗伟说："跟林丹在决赛中相遇，就像老朋友过招，彼此都很熟悉了。"这是两人第二次也是最后一次在奥运会羽毛球男单决赛中相逢，彼此都很是重视，而决赛局19比21的微弱差距证明双方实力的无比接近。

北京时间8月5日，曾在比赛中一度领先却仍是遭遇与北京奥运同样的败北结局的李宗伟依然伸出了右手向刚刚收获金牌的老伙计表示祝贺，林丹并没有伸出手而是给了对方一个深深的兄弟般的拥抱，英雄相惜的场面感动了无数人。夺冠之后的林丹在接受采访时表示，自己的婚礼第一个想要邀请的人就是李宗伟。

2012年9月23日，林丹与谢杏芳举行婚礼的当天，事先多次表示要出席的李宗伟因为要参加日本公开赛的男单决赛而无法分身亲临现场，于是只好以微博的形式给老友送去祝福——"祝你们新婚快乐，早生贵子，白头偕老。

很抱歉赶不上你们的婚礼现场"。字里行间，满溢遗憾之情。

2013年8月11日，广州，世界羽毛球锦标赛男单决赛，林丹与老伙计李宗伟再次相遇，这是他们第三十三场对决，遗憾的是在决赛局李宗伟因伤退赛。林丹走到赛场另一侧问候李宗伟的伤情，并协助医生把他抬上担架进行治疗。赛后林丹感言道："我觉得其实我们已不再是以前的对手，我们很珍惜每一次比赛的机会……我非常感谢这位伟大的对手。"

场上是对手，场下是朋友，让"爱"的溪流荡涤"恨"的泥沙并汇聚成一种澄澈阔远的大境界，于是，在羽坛上"缠斗"已多年的林丹与李宗伟两人不仅互相成就了对方的精彩和高度，还注定要成为对方职业生涯乃至整个人生征程中抹不去的珍贵回忆和逝不去的壮美风景。

同行非冤家，对手是风景，且看林丹与李宗伟二人共同演绎的羽坛传奇！

黑暗中，雪越来越明亮

石兵

那是一个冬天的黄昏，天空昏黄暗淡，空气有些闷，我知道，有一场雪正在静悄悄的孕育之中，或许，就在入夜之后，雪花就会与大地不期而遇了。

那时的我刚刚参加工作，在一所私立学校做教师，每天忙得晕头转向，却还是管不住那些比我小不了多少的学生，他们是一群正处于叛逆期的孩子，家境都还不错，交了高昂的费用来到了这家私立学校。但是，我注意到，他们之中有很多人都来自于单亲家庭，因为各自的父母无暇照顾，所以才花钱把孩子送到这所寄宿学校，把孩子的教育大权全部放手于学校。

我教的这个班是初三。在教学过程中，有两个孩子给我留下了非常深刻的印象，一个是女生小雪，一个是男生云亮。这两个孩子都来自单亲家庭，却有着完全不同的个性，小雪沉默内向，云亮则叛逆乖张，但两个人都对学习毫无兴趣，而且都软硬不吃油盐不进，经常无故旷课甚至逃学，是公认的最难管的学生。

就是在这个即将落雪的黄昏，小雪和云亮失踪了。在下午最后一节课之前的课余休息时间里，这两个孩子仿佛是约定好一样同时消失了。如果是平时，也许我并不会焦急，但是，在刚刚得到的天气预报中，我得知晚上会有一场暴风雪降临，如果他们被困在雪中，很难想象会发生什么样的事情。

我找到校长汇报，并动员全体教师展开了寻找，把学校附近的网吧和小

店都找了个遍，但是，一直到天色黑了下来，依然没有找到他们的半点踪迹。他们会去哪里呢？这时，一个学生给我说了一件事，他说，小雪的母亲就在学校附近住，但是小雪跟着父亲过，一直没跟母亲有什么往来，今天上午，小雪母亲曾经来找过她，但小雪却对她不理不睬，所以很快就走了，她临走前，留下了一张纸条，上面写着自己家的地址，说小雪有事时可以去找她，但小雪拿过纸条后看了看就扔进了废纸篓。

我眼中一亮，急忙从废纸篓中找寻起来，不一会儿，还真让我找到了一张纸条，上面写着一个地址，我立刻赶了过去。

就在我赶去的路上，纷纷扬扬的雪花终于飘了下来，等我赶到目的地时，地面已经雪白一片了。一个中年女人为我开了门，在屋里，我看到了小雪，她眼睛红肿，似乎是刚刚哭过，在听了我的来意后，中年女人有些不好意思地说："对不起老师，我还以为小雪在学校请了假呢，她也是刚刚进门不久。"

刚刚进门？我心中一惊，问她："小雪，你刚刚进门，那之前的时间你在哪儿？还有，云亮跟你在一起吗？"

听了我的话，小雪突然放声大哭起来。小雪妈急忙把她拥入怀里，一边擦眼泪一边安慰说："小雪不怕，到底出了什么事？"

小雪哭着说："云亮他，他被人抓走了！"

我大吃一惊，连忙问："到底出了什么事？他被谁抓走了？"

小雪抽泣着说："上午我妈来找我，云亮看到了，下午他就让我去见我妈，他说我妈走的时候哭了，他看着难受，又想起自己的妈妈了，下午上了一节课，他就拉着我一起来了，没想到在公交车上遇到一个小偷，云亮喊了一声，结果下车后小偷的同伙就把他抓走了，我不知道该怎么办，就到妈妈家来了，想让妈妈找警察，还没有说，老师你就来了！"

我冷静下来，问了问具体情况，并立刻打电话报了警，然后，我叫上小

073

雪妈和小雪,一起顺着路找了下去。我听小雪说,那几个人是在一个小胡同把云亮带走的,就顺着他们走的方向找了下去,一路上我的心怦怦乱跳,怕出了什么不好的事情。

这时候,雪已经越下越大了,到处都是白茫茫一片,路上的行人很稀少,我们三个人一边走一边喊着云亮的名字,不一会儿,警察也赶了过来,我们一起向前走去,走了十多分钟后,小雪突然对着一条小胡同喊了起来:"云亮!"说着,她就飞奔了过去。

我们连忙跑过去,果然,云亮趴在地上,已经被雪盖起了半个身子,他身上的衣服都被扯破了,额头也破了,血都凝结成了冰。我们急忙脱下衣服,给他包在身上,警察找来警车,把他送到了医院。检查之后,医生说,幸亏送来得早,如果晚了,就算外伤不严重也得冻死。

那天晚上,自从见到了云亮,小雪就不再哭了,她跑前跑后,跟平时的沉默不语判若两人,当医生说云亮没有大碍,只需要休息一下就行时,小雪的脸上竟然出现了灿烂的笑容。

看到小雪的笑容,我心里一暖。这些单亲家庭的孩子,因为家庭的原因造成了性格的缺失,在行为上和别的孩子不大一样,但在内心深处,他们对于美好与幸福的向往却比任何人更加迫切,而且他们还需要更大的勇气去面对比同龄人更多的压力。我想,或许我以前对他们还是太缺乏耐心了,而且心中多少还存有一定的偏见,这让我感到羞耻和脸红。

那一天,我回到学校时已经是凌晨四点了,那时,雪已经停了,天空中,月亮在云层中不断穿行,皎洁的月光倾泻万里,映照着大地忽明忽暗,像极了那个叫云亮的男孩的坚强与执著;地面上,厚厚的积雪仿佛给大地披上了银色晚装,它们在夜色中闪烁着洁净的银光,越来越明亮,像极了那个叫小雪的女孩闪闪发亮的眼睛。

绝境的水声

余显斌

地震到来时，他刚刚接受一笔贿赂。

他是这儿的父母官，官虽不大，可毕竟管着这一方百姓。因而，来这儿办事的，都必须给送点什么。当然，他要求不高，一条烟，一瓶酒，或者几百块钱。

而这次，他接受的是一个民间杂技团团长的几百块钱。这个杂技团想在这儿扎下摊子，演几天戏。他笑笑，在电话里说："这事得商量商量。"

现在的商量，不就是那么回事吗？那个杂技团团长很会来事，笑笑，两个小时后，就来到他的办公室，送上几百块钱。

就在杂技团团长离开，还没走出两步远时，楼房一摇一晃，还没等他明白过来是怎么回事，就晕了过去。醒来，只感到浑身疼痛，一个人处于无边的黑暗中，憋闷得慌。

他的意识慢慢苏醒过来，知道发生了大地震。

他蜷缩在一个狭小的空隙里，凭知觉感到，身体没有大碍。大概是他弯腰准备放钱时地震发生了，桌子救了他一命。

他摊开手，清清楚楚感觉到，钱还在手上。

唉，再多的钱，有什么用呢？他潸然泪下。此时，他才知道，有些东西比金钱更珍贵。过去，自己怎么那么糊涂，为了钱，甘愿冒着失去自由的危险。

生命和自由，是多么珍贵啊！

他饿得厉害，浑身虚脱；尤其是干渴，简直是常人无法忍受的。

他竭尽全力地喊："来人啊，救命啊！"

可是，声音沙哑，虽然使尽了力气，也很有限。随着喊声，在黑暗里，隐隐地响起了呻吟声。他心里一喜，在死寂与孤独中，他才真正理解，有生命相伴，才是最美的享受。

但同时，他心里又一沉，感到无限的羞愧。他知道，那是谁的声音。不是自己的贪，或许，那个人是不会遭受这种灾难的。

他试探着喊："老兄，你不要紧吧？"

话一出口，连他也吃惊，自己竟抛弃了过去那种高高在上的口吻，变得和气而亲切。

"不好。不过，还能坚持。"那边，那人说。

"很对不起，我——不是我，你也不会这样。"他忏悔。

那边不说话了。四周，陷入了无边的沉寂中。

"老兄，我不是人，我该死。"他说，用巴掌打自己的脸，他的手还能动。他觉得，只有这样，自己的良心才能得安。当然，如果死了，也会心里稍微坦然一些。"兄弟，你那样干吗？别、别那样，我理解你的心情，接受你的道歉，千万不要那样了。"隔着冰冷的水泥，对方劝道。

听到对方语言磕磕绊绊，他很着急："老兄，你不要紧吧？你一定要坚持住。"

"我一定要坚持住，我还要见我的女儿呢。"那边说，谈到女儿，那语气里充满了疼爱的样子。

那人告诉他，自己女儿上大学，没有钱，不得已，他从剧团退出来，私人组织了一个杂技团，一年到头四处转悠，希望多挣点钱。没想到，摊上了这事。

他听了，惭愧得要命。

他们就这样，互相鼓励着，交谈着。渐渐地，他感觉到，自己眼皮打架。最要命的是，嗓子眼冒火。这会儿，如果有一杯水，他会连杯子都一口吞下。

他告诉对方，自己怕是撑不住了，口渴得厉害，想现在就死了好了。

对方劝他，坚持住，实在口渴了，添添水泥板，那凉气或许能解渴。他试了，舌尖有点沁凉，可只是一刹那间的事，一会儿后，渴得更厉害了。

他忍不住抽咽起来，感觉到自己神经已经到了崩溃的边缘。

"别哭！"那边一声喊，虽不大，却很坚定，"听，好像有水声。"

他侧着耳朵听，果然有水声，一声一声，带着湿漉漉的意韵，直沁到他的神经里，透到他的灵魂中。

有水就有希望。他的心里，充满了希望。

他惊喜地喊："真的，有水声。一定是救我们的人在扒水泥，我们离外面很近了。"

水声停了，传来梦一样的回音："你不要说话了，让我歇息一下好吗？"

一切又沉入寂静中，只有水声在黑暗中渗出，一滴一滴，晶莹透明，滴在他的想象和渴望中。他感到一种清凉，逐渐弥漫到全身，滋润着他干渴的神经。

接下来的时间，他就靠听着美妙的水声度过每一秒难熬的时间。

模模糊糊中，传来了人声，他被救了出来。当记者采访他，问四天中，他靠着什么支撑下来了。他回答——水声，是那清亮的水声。

记者顿了一下，哑着嗓子告诉他，那水声是从杂技团团长的嘴里发出的，抬出来时，他已经昏迷了，可那嘴里，仍然发出水流的口技声。

一句话，让他愣在那儿。接着，踉踉跄跄站起来，向外面走去。大家忙拉住他，问哪儿去。他说去看看救命恩人。

记者告诉他，那人不在了，伤势过重，抬出来一天后就死了。

他站在那儿，呆呆地，突然狠狠地给了自己两个耳光，号啕大哭起来，如一个孩子一样。不久，伤好后，他走上法庭，把自己过去所有贪污的事都一一吐露了出来。那一刻，他感觉到，自己心灵一片洁净，仿佛有水滴清洗过一样。

绝境中的友情

程应峰

大地震发生的一刹那，女孩和男孩离开座位没几步，教室就坍塌了。那一刻，女孩虽然藏到了桌子底下，但还是在被重重一击后，昏厥过去。

不知过了多久，女孩吐出一口气，悠悠醒来。这时，她听见有个声音在呼唤她，是邻桌男孩的声音。可是，周遭一片寂静，不知是什么时候了，她无法弄清男孩所在的位置，便动了动身子。剧烈的疼痛将她的意识扯得七零八落，天啦，无法动弹了！死亡的恐惧，让她哭出声来。

"不要怕，坚持住。我在这儿陪着你。""保持体能，不要哭，不要乱动，总会有人来救我们的。"听到女孩的哭声，男孩镇定地说。

听到男孩熟悉的声音，女孩看到了一线希望。可难挨的痛楚让她再一次昏迷过去。

女孩并不知道，这时的男孩，已经不行了。地震抖落的水泥板冰冷地压在他的身上，血泊中的他，气息越来越微弱了。只有他自己清楚，属于他的生命正一点一滴地离这个世界而去。

他喊着女孩的名字。昏厥的女孩没任何反应。男孩知道，自己是没救了，但女孩也许还有救。这一闪念，让生命尽头的男孩有些兴奋，有些激动。他打开随身听，断断续续说了一些话，那是说给女孩听的。在生命的最后时刻，他从容地按下了放音键。

再一次醒来的女孩，虽然神志不清，却还是听到了男孩的声音，男孩时断时续的鼓励和安慰，让女孩变得异常平静。

终于，废墟外有动静了，女孩努力地喊出声来。救援人员将身受重创的女孩从废墟中救出来时。女孩泣不成声，指着废墟下面，说，还有人活着。然而，当救援人员想方设法将男孩从废墟中挖出时，他早就没有气息了，很特别的是，他身边摆放着学习用具——具备数码录音功能的随身听。

装上新电池，打开随身听，里面传出来的声音虽然非常微弱，且断断续续，却字字千钧，那是男孩鼓励女孩不要放弃，要坚强地活下去的声音。

离开有毒朋友

邹凡丽

　　玲子和我是初中同学，二十年后偶遇，她居然和我在同一城市工作，于是格外亲近起来。有同学在老家请客，我因在外出差未能赴宴。后来有同学关切地问我："你离婚了？"我说没有啊，怎么会呢。问这事儿的同学多了，我不免生气，追问是谁说的，同学说："玲子啊，她不是和你最近，也最了解你吗？"玲子接到我的电话，没等我解释完，就噼里啪啦嚷开了："别找借口啦！你前夫出生在那里，你们在那里相识相恋，如今离婚了，老家当然成了你的伤心地，你不想回去我们也能理解。"我当时气到无语，果断地挂掉电话，对这种造谣生事者，老死不相往来。

　　我妈的一个小姐妹，把她女儿托付给我。我四处托人，终于帮她女儿在离我家不远的超市找到做主管的工作。她女儿三天两头往我家跑，不是说上级欺负她，就是导购员为难她，全天下都和她过不去似的。每次她的一番血泪控诉，总能成功地将我家弄得凄风苦雨。有次她前脚刚走，我后脚就莫名其妙吼了儿子一顿。老公说："怎么每次她一来，就轮到我和儿子遭殃？"我才突然醒悟到，是她灰暗、消极的生活态度影响了我，我被怨妇似的她，弄得情绪糟到了极点。从此，我有意识地疏远了她，我家的生活也渐渐恢复了正常。

　　有同事第一次在餐桌上见我，就开心地说："看你吃饭，我就有了食欲。"

许是因为我吃饭不挑食，桌上什么食物都能吃得津津有味吧。因为这句话，我们经常在一起吃饭，渐渐成了朋友。可这位朋友有个缺点，喜欢强人所难，比如喝酒，明知我明早还有一考试，还硬逼："这杯酒不喝，你就是看不起我，不是我朋友！"后来听说，另一位他的朋友因为被逼着喝酒出了事故，我便渐渐和他断绝了往来。

"有毒朋友"这个词越来越流行。虽说"水至清则无鱼，人至察则无朋"，但人这一生，受朋友的影响非常大，有毒朋友会影响甚至毁掉我们的生活，所以我们必须像给电脑清毒一样，时不时清理朋友圈子，果断离开有毒朋友，没什么不好意思的，我们没必要老委屈自己，甚至毁掉自己来取悦他人。

好的友情是相互给予，相互激励，携手向前走，是使人感到愉悦的，而有毒朋友常使人感到筋疲力尽，灰心丧气，情绪低落，烦恼丛生。当然，我们也要注意，不能成为别人的有毒朋友。

"荷塘月色"与"桨声灯影"

鲁先圣

朱自清先生的名篇《荷塘月色》与《桨声灯影里的秦淮河》，心仪了几十年，一直渴望着有朝一日，能够到北京的清华园亲眼看看当年朱先生"日日走过的荷塘"，到南京的秦淮河上，像朱先生那样"领略那晃荡着蔷薇色的历史的秦淮河的滋味"。

就在不久之前，我恰巧就有了两个机会，去了清华园里的荷塘边，也去了南京的秦淮河。

荷塘就在清华园内的清华医院的对面，穿过大礼堂门前的广场，从游泳池到"工字厅"，就是一片很大的荷塘。站在荷塘边上，这里依旧是当年朱自清先生看到的模样："荷塘四面，长着些树，蓊蓊郁郁的。"想象当年朱先生所描写的"叶子出水很高，象亭亭的舞女的裙""层层的叶子中间，零星地点缀着些白花，有袅娜地开着的，有羞涩地打着朵儿的；正如一粒粒明珠，又如碧天里的星星，又如刚出浴的美人"。朱先生写荷叶，写荷香，写月光，都把景色写到了极致。

朱自清先生 1925 年 8 月到清华大学任教，开始研究中国古典文学，并开始散文创作。《荷塘月色》是他在 1927 年写的。当时正值"四·一二"蒋介石背叛革命之时。曾参加过"五四"运动的朱自清，面对这一现实，他悲愤、不满而又陷入对现实无法理解的苦闷与彷徨之中。怀着这种孤独苦闷的心情，

他深夜漫步于清华园内荷塘岸边，从而创作了《荷塘月色》。

1982年，为纪念朱自清先生在此写下的《荷塘月色》，清华大学在荷塘围绕的近春园小岛上建起了一座亭子，并命名为"荷塘月色"亭。有趣的是，这几个字出自朱自清先生的亲笔。

据清华的朋友介绍，当时亭子建成后，金德年教授受清华大学委托书写匾额。金教授经过几天的努力书写了若干"荷塘月色"匾名，但总觉不很满意，无法与朱先生的境界相匹配，也无法融入荷塘月色的迷人景致和意境。最后他通过校史馆查找朱自清当年的笔迹。在存世稀少的朱先生不同时期手稿中发现了"荷、塘、月、色"四个蝇头小字。金教授通过分析四个字的笔法和朱自清先生运笔规律以及书写习惯，最后终于组合成功。

漫步在荷塘岸边，我对于这片荷塘不禁有了深深的钦佩和神往。一片普通而自然的风景，因为一个大师的描写而声名远播，后人又以建亭子这样古人的方式来纪念，真不枉朱先生的文笔，也当是文坛的一段佳话。

到南京，第一件要事就是去游秦淮河。

我知道秦淮河大部分在南京市境内，被视为南京的"母亲河"。秦淮河分内河和外河，内河在南京城中，是秦淮最繁华之地，因此被称为"十里秦淮"。这里又因为素为"六朝烟月之区，金粉荟萃之所"，更兼十代繁华之地，所以有了"第一历史文化名河"的名头。

但是，我相信，真正让秦淮河走进文化的殿堂，真正让秦淮河妇孺皆知的，还不仅仅是这些因素，而是朱自清先生的名篇《桨声灯影里的秦淮河》。

来秦淮河，我是冲着朱先生的文章而来，是来听桨声看灯影的。可是，我们一行人找了半天也没有找到人工摇桨的小船，不论大船小船都是马达的。我的兴致减了很多，我对朋友们说，就坐在突突作响的船上想象当年朱先生的描写吧。

"我们雇了一只七板子，在夕阳已去，皎月方来的时候，便下了船。于是桨声汩——汩，我们开始领略那晃荡着蔷薇色的历史的秦淮河的滋味了。"

没有了桨声，但是，当年朱先生描写的水面的景色还是依稀有的："秦淮河的水是碧阴阴的，看起来厚而不腻，或者是六朝金粉所凝么？我们初上船的时候，天色还未断黑，那漾漾的柔波是这样的恬静，委婉，使我们一面有水阔天空之想，一面又憧憬着纸醉金迷之境了。等到灯火明时，阴阴的变为沉沉的了：黯淡的水光，像梦一般；那偶然闪烁着的光芒，就是梦的眼睛了。"

欣赏着眼前的粼粼波光，我们也仿佛与朱先生一起沉醉在这美妙的幻境之中里。

朱自清先生的文章写得很长。毫无疑问，"纸醉金迷""六朝金粉"的秦淮河，虽然随着历史长河的流淌逐渐失去了昔日的风韵，但是，朱自清先生一篇《桨声灯影里的秦淮河》，以独具匠心的浓墨重彩，让她再次展现了浓妆艳丽的风采。

有意思的是，散文大家俞平伯先生也写过同题散文，也是名篇。两篇文章异曲同工，自成一格，各有千秋。朱自清的文章以气贯长虹之势写下来，开门见山，带我们进入一个全新的秦淮河。而俞平伯的笔触更多拟人化，诗化，文言文的风格重一些，但是写得跌宕起伏，文笔也十分精炼。

朱自清先生的文章开篇就交代"一九二三年八月的一晚，我和平伯同游秦淮河；平伯是初泛，我是重来了。"可以想象，两人也许是一个约定，游览之后要打擂的。不过这个擂是打成功了，两人的文章都成为散文名篇，也成就了浪漫的秦淮河。

人生都可以如诗如梦

鲁先圣

无论贫富贵贱，人生都可以如诗如梦，生活都可以如歌如画。

即使是一朵已经枯萎凋零的花，它依然有很多美丽的理由。它有过绚烂开放的美艳，它有过被众人欣赏的风光，它依然可以"化作春泥也护花"。而且，它即将变成一粒种子，可以开始对下一个季节的美丽憧憬了。

人们对于善良已经感到陌生了，人们甚至开始惧怕善良，那些因为救助跌倒在路上的老人而被诬陷的善良之举，一次次无情地践踏着残存的善良的记忆。

可是，我们的生命中不能没有善良，如果连善良都被大家拒绝了，我们的身边会是什么样子呢？大家都形同陌路吗？大家都见危不救吗？大家都变得冷酷无情吗？

贝多芬说："没有善良的灵魂，就没有美德可言。"善良其实是很简单的事，我们不要说日行一善，就是常常想不要做亏心的事，不要做损人利己的事，只要力所能及，就尽量去帮助别人。如果这样，我们自己自然会成为被帮助的一个，因为，别人眼中的别人正是自己。

其实，善良是人的天性，善良的人常常能够化险为夷。

很多人都深信沉默是金。但是，沉默应该是分场合分对象的。如果是处在一个人很多很复杂的场合，滔滔不绝的人肯定是会丢丑的，因为听众三教

九流，你的演说不会满足所有人的听觉。

如果与你的上司在一起，你更不能无所顾忌地说话，这个时候你应该安静地倾听。但是，当只有两个人在一起的时候，当你接待一个远方来客的时候，你的过分沉默就会让对方认为你是故意怠慢。

如果是在一个很大的房子里，或者是在安静的黄昏，在稀疏的丛林，在淙淙的溪水旁，你就应该选择沉默和倾听，这个时候你会领略到优雅的无言之美。

土地失去了水分就会变成沙漠，人生最可悲的就是暮气沉沉的人。

人们说笑声是生活的点缀。任何一个人都喜欢看到笑容，因为笑容不仅仅会给自己带来好的心情，也会把欢快带给别人。

有很多人的脸上总是阴云密布，人们很难见到他的笑容。我们难以想象一个满脸悲苦的人生活中会充满快乐的诗意。

其实，一个身心健康的人，一定是常常笑容可掬的。

笑容是伪装不来的，强装的欢笑下一定是虚伪悲苦的灵魂。

我们有多少人一生中的方向是始终如一的？很多人是半途而废的，也有很多人是浅尝辄止的，甚至很多人一生中都在原地附近踏步。原因很简单，这些人，始终没有找到自己人生的正确方向。所以，不论付出了多少努力，最后都是枉然。

比如，你迷失在了广大的森林里，你只有一个方法可以走出森林，就是循着一条小溪走，沿着小溪必然能够找到河流，沿着河流就必然能够看到大海。

比如，你在大山里遇到了山洪暴发，你只有向山顶攀登才能求生，因为任何一座山顶都没有洪水。

只有方向对了，我们的人生才会有光明的前程。

培根的很多话都是精辟至极的，比如那句"没有爱人是寂寞的，没有仇

人也是寂寞的"。

前半句我们都很容易理解，爱人是人生路上的知音和亲人，是漫漫长夜的陪伴和守护，是同舟共济的人生伴侣，是相互欣赏的良辰佳偶。

可是仇人呢？培根所指的一定是英雄好汉的对手，诸葛亮和周瑜那样的惺惺相惜。这样的仇人必定会促使着你不断淬炼自己的意志和技艺，不断增长自己的才学和本领，不断驱除自己身上的自满和骄傲。

在这里，仇人就是自己的一面镜子，就是自己不断前进的动力。

任何一个学习书画的人，必然要经过临摹临帖的阶段，选择自己喜欢的前辈大家的作品，刻苦揣摩练习，以使自己心怀开阔，掌握书画艺术的精髓。

这其实也就是我们通常所说的"近朱者赤，近墨者黑"的道理。古人说"见贤思齐焉"，如果选择一个伟大的人物为楷模目标，研究他的成功之路，学习他的人生经验，一直朝着他的方向努力，你也就必然渐渐向大师的目标靠近。

第四辑
陪你走一程

于人来说，在苍茫的时空长廊中，再长的人生也不过是一段短暂的行程，人生旅途不管怎样坎坷，总会有人陪伴你走一程。而再怎么样不能分开的人，也只有相伴走一程的缘分。

上帝的孩子

鲁先圣

在苏格兰东海岸邓迪市的一个小村子里，一个叫吉芬的美丽姑娘生了一个男孩，但是，吉芬没有结婚，孩子是一个私生子。在村里人异样的目光中，吉芬给自己的儿子起名叫盖利。她决定，不论人们怎么看这个孩子，她都要把孩子养大，她喜欢这个孩子。

盖利渐渐长大了，村里的人都歧视他，小伙伴们都不愿意跟他玩。上学后，他受到的歧视就更多了，同学们都认为他是一个没有父亲的孩子、一个没有教养的孩子、一个不健康家庭的孽种，是他的妈妈行为不检的恶果。甚至，连老师都认为他是村子里的耻辱，是学校的耻辱。

他生活在几乎遇到的所有人的蔑视目光中，这种几乎不可超越的心理暗示，使他变得越来越懦弱，自我封闭，逃避现实，不愿意与人接触，变得越来越孤独，甚至越来越仇视所有的人，甚至他的妈妈也让他感到羞耻。

很多时候，他决定要结束这样摧残心灵的生命，他无数次走近大海边想纵身一跃，让无情的波涛洗尽自己身上的污浊；他也无数次把自己关在房间里，想用电流结束生命。但是，他觉得，自己这样死掉了，谁来为母亲洗尽耻辱呢？因此，每一次有了轻生的念头之后，又都回到了生活当中。

但是，他的困惑，他的忧伤，他的自卑，却一天也没有减轻过。

没有想到的是，他15岁那年，村里来了一个牧师，盖利的一生从此彻底

改变了。

他看到村里几乎所有的人都到教堂里去，他也决定到里面去，探听自己命运的秘密。他每次都是等别人都进入教堂以后，才偷偷地溜了进去，躲在后排注意倾听。然后，趁别人还没有发现自己的时候赶快离开，免得惹来人们的目光。

有一次，盖利听入迷了，忘记了时间，忘记了自卑和胆怯，直到教堂的钟声清脆地敲响，他才从沉思中惊醒过来，可是已经来不及抢先离开了。

通道的人很多，他慢慢随着人群往外走。他几乎处在人群的最后面。他很忐忑不安，他还从来没有这样让自己处在显眼的位置。

突然，一只手搭在他的肩上，他匆忙回头，那人正是新来的牧师。

牧师温和地问："你是谁家的孩子？"

盖利不知所措，不知道怎么回答牧师的问话，他的眼里噙满了泪水。他知道自己最不愿意看到的一幕就要发生了，人们会告诉牧师，这是一个私生子，一个没有教养的孩子！甚至他还隐约地感觉，也许牧师已经知道他是一个私生子了。

可是，担心的事情没有发生。当人们还没有回过神来，牧师的脸上却浮起慈祥的笑容，他和蔼地对盖利说："噢，可爱的孩子，我知道了，我已经知道你是谁家的孩子了，你是上帝的孩子。"

牧师慈祥的目光注视着盖利，他还轻轻抚摸着盖利的头，对所有在场的人们发表了一篇简短的演说："这里所有的人和你一样，都是上帝的孩子！过去不等于未来，不论你过去怎么不幸，这都不重要，重要的是你对未来必须充满希望。现在就做出决定，做你想做的人。孩子，人生最重要的不是你从哪里来，而是你要到哪里去。只要你对未来充满希望，你现在就会充满力量。不论你过去怎样，那都已经过去了。只要你调整心态，明确目标，乐观积极

地去行动，那么成功就是你的。"

牧师话音一落，教堂里顿时爆出热烈的掌声。人们在掌声中，也对盖利投来赞许友善的目光。

整整 15 年压抑在盖利心头上的耻辱坚冰被博爱和善良瞬间熔化。他抑制不住内心的喜悦，感动的泪水夺眶而出。

盖利的情绪从此发生了巨大的变化，他彻底忘记了自己私生子的出身，他不再留意人们的目光，他只是专注于自己的学业。高中毕业，他考取了爱丁堡大学的经济学院。大学毕业之后，他在经济领域大显身手，很快成为苏格兰著名的经济学家。39 岁那一年，他当选爱丁堡市市长；届满卸任之后，他弃政从商，成为世界 500 家最大企业之一的公司总裁。

在我们的身边，很多人都有盖利这样的经历。我们也许有过让自己羞愧的过往，有让自己感觉耻辱的经历和出身，有难于启齿的挫折。但是，如果我们认识到过去只代表过去，而不能决定未来；只有现在的行动及选择，才能决定我们的未来，我们就一定会像盖利一样，脱胎换骨，成为一个坚不可摧的人，成为一个杰出的人。

花裙子的美丽哀愁

芝墨

1

叶萌萌经过三班的时候，被一个从三班后门飞奔出来的人撞到，鼻血立即流了出来。

"哦，对不起。"那个女生道歉，赶紧回教室拿了纸巾过来。

终于止住了血。叶萌萌认真地打量起这个'仇人'来。女生跟她一般高，留着干净利落的短发，一双大眼睛明亮有神，脸上洋溢着青春的甜笑。

我都这样了，你还笑得出来？叶萌萌心里悱恻，终是没有表露出来。

"下次不要乱跑乱跳的，撞到人可不好啊。"叶萌萌说。

"是，是，我知道了。"女生红着脸，应承着。

一个脑袋从教室里探出来，说："吴彤，借我一支笔。"

那个女生'哦'了一声。

"你叫梧桐？梧桐树的梧桐？"叶萌萌问道。

吴彤摇摇头，回答："口天吴，红彤彤的彤。"

"哦。"叶萌萌意味深长地点点头。

2

叶萌萌喜欢梧桐树，尤其是秋天的梧桐树。当秋风吹起的时候，漂亮的梧桐叶纷纷落下，像起舞的蝴蝶，装饰着一个少女甜美的梦。

叶萌萌慢悠悠地走在梧桐树下，享受着暖阳透过叶片的缝隙撒落下来的斑驳的光。那些光忽明忽暗，落在地上，随着风儿不停地变换、舞动，异常美丽。

梧桐。吴彤。为什么那个女生叫这么好听的名字，却偏偏是撞伤她鼻子的罪魁祸首呢？孽缘！真是孽缘！

"嗨，吴彤。"

叶萌萌顺着声音看去，见到短发飞扬的吴彤正穿过马路，与那个叫她的女生说说笑笑。

不知道是不是感受到了叶萌萌的视线，吴彤朝着她看过来。她的手轻轻扬起，似乎想跟叶萌萌打招呼。

叶萌萌悠悠地转身，假装没有看见。

3

叶萌萌穿了一件小碎花连衣裙去上课。

鲜艳明亮的颜色，薄薄的蕾丝花边，穿上它，似乎心情也跟着明亮起来。

同桌阿丽说："萌萌，这件裙子太好看了，在哪儿买的？"

叶萌萌微笑，说："我妈亲手做的，爱心款，独一无二。"

阿丽羡慕地手捧心形："叶萌萌，你真是太幸福了。"

叶萌萌也觉得，有个会做衣服的妈妈真的很不错，不用担心和别人撞衫了。

这一天，叶萌萌心情很好。可是，当她经过三班的时候，好心情立刻遭遇降温，甚至冰冻。

因为，吴彤也穿了一件一模一样的裙子。一模一样的颜色、款型，连同

裙摆上的那圈薄薄的蕾丝花边也都一模一样。

叶萌萌冷着脸，问吴彤："你的裙子哪里来的？"

吴彤说："阿姨送的。"

叶萌萌追问："哪个阿姨？"

吴彤抿紧了唇，不回答。

回家之后，叶萌萌把裙子换下来扔在地上，并把自己关在房间里生闷气。

妈妈敲了敲门，问："萌萌，怎么了？"

叶萌萌隔着门板，大声地说："你为什么骗我说这件裙子是你亲手做的？"

妈妈说："是我自己做的呀。"

叶萌萌问："你是不是做了两条一模一样的？"

找到了女儿生气的缘由，妈妈反倒松了一口气。她敲敲房门，道："萌萌，你出来，妈妈有话要说。"

原来，妈妈确实做了两件一模一样的裙子。一件给了叶萌萌，一件给了吴彤。

通过妈妈的讲述，叶萌萌知道了，自己与吴彤的渊源不是起于那次碰鼻子事件。更早以前，她们出生在同一家医院，睡过同一个病房，甚至，用过同一个奶瓶。

"彤彤是个很可怜的孩子，她妈妈很早就过世了，家里只有一个时而疯癫、时而正常的爸爸。妈妈只是偶尔帮她做件衣服，你难道还要吃醋吗？"

叶萌萌低着头，觉得自己刚才的反应有点过激了。

"对不起，妈妈，我以后不会这样了。"

4

叶萌萌开始关注吴彤。

她喜欢看吴彤笑起来的模样。吴彤笑的时候，脸上有两个深深的酒窝。而当她不笑的时候，酒窝就看不出来了。

可是，最近的吴彤似乎不怎么爱笑了。

叶萌萌再次经过三班走廊的时候，忍不住寻找吴彤的身影。

吴彤发现叶萌萌在看她，主动走了出来。

"对不起，叶萌萌。"她说。

"对不起什么？"叶萌萌说，"你又没有做错，干什么道歉呀。"

"我……"

"啊，对了，吴彤，这个星期我想逛街，你有空吗？一起？"

吴彤愣在原地看她，有点不知所措。

"穿上那件连衣裙，我们试试看，会有多少回头率。"

吴彤小心翼翼地问她："你不生气了吗？"

叶萌萌嘴硬，道："我没有生气。从来都没有生气过。"

吴彤笑了，两个酒窝在颊边轻轻漾开。

5

时光在两点一线的单调生活中很快流逝。转眼，就到了周末。

吴彤如约与叶萌萌碰面，还没来得及说些什么，就被叶萌萌拉着去了理发店。

"叶萌萌，你要干什么？"吴彤看着叶萌萌放下了长发，有点诧异。

"剪头发啊。"叶萌萌甩了甩快要及腰的长头发，指着吴彤对理发师说，"剪成和她一模一样的。"

吴彤看着心疼，插嘴道："叶萌萌，你还是留着长头发吧，好看。"

叶萌萌把吴彤拉在身边，问正在准备剪刀的理发师，"你看我们俩像不

像？”

理发师看了看叶萌萌，又看了看吴彤，点头："嗯，很像，你俩是双胞胎？"

"是啊。"叶萌萌呵呵笑，说："所以啊，帮我们剪成一模一样的吧。"

半个小时之后，叶萌萌牵着吴彤的手走在大街上，果不其然引来了超高的回头率。

叶萌萌愉快地说："换了个新发型而已，怎么就变得花枝招展了呢。"

吴彤却是心疼得眼眶都红了："傻萌萌，那么长的头发留起来多不容易啊，你还真给剪了。"

叶萌萌笑着用自己的肩膀碰了碰吴彤的肩膀，说："如果觉得长发好，大不了我们再一起留长呗。"

吴彤伸开手臂，用力地拥抱叶萌萌。

叶萌萌回抱吴彤，她忽然很想写一个故事，关于她，关于吴彤。故事的题目就叫《花裙子的美丽哀愁》吧。

绿色青春红豆情

龙玉纯

那是一条非常馋人视线的红豆项链，我做梦也没想到它会带着浓浓的战友情和一份特殊的荣誉向我走来。

班务会还是跟往常一样，先是我们各自发言，然后班长再进行总结讲评，安排下周的工作。这是我在通信三班参加的最后一次班务会，下午四点半我接到了军校入学通知书，明天就将起程。

所有议程都已完毕，可战友们一个个表情认真还笔直地坐在马扎上一动不动。我想不出接着还有什么内容。班长起身走向他的床头柜，打开并取出一个红红的盒子，然后拿着这个盒子又回到他的马扎前。

"今天的班务会还有一项重要内容，颁奖！大家都知道，我们班的龙玉纯同志以优异的成绩考入了北方的一所有名军事学院，他是我们三班近五年来第一个考上军校的同志，为我们班争了光。根据我班的传统，我和副班长一致决定，将上上任老班长留下来作为奖品的这条红豆项链奖给他，希望他今后更加努力学习，不要忘了通信三班朝夕相处的战友。大家鼓掌祝贺！"

我马上起立，迅速正了正军帽，分别给班长和同班的其他战友各敬了一个发自内心深处充满感激的军礼。小心地接过那红红的盒子，颤抖着手谨慎地取出那条不同寻常的红豆项链，眼前顿时一片蒙眬……

这条红豆项链是我们现在班长的班长的班长留下来的，我们班设立"班

嘉奖"也是从他当班长那时开始的。

我们班一直是个小有名气的通信班，几乎每年都有一至两名战士在师、军组织（或更高层次）的比武中获奖，因此荣立三等功和受嘉奖的人要比别的班多得多。我们的上上任班长就曾在集团军通信大比武中两次夺冠，后来被直接提干。可不知什么原因，连续几年就是很少有人报考军校，更没有人考上军校。

当时的他是个不甘落后的班长，在抓好训练及管理的同时，积极带头利用业余时间学习，鼓励战友们报考军校。由于部队需要他参加比武，他连续失去了两次考学的机会。他的军校梦最终未圆。

在一次侃大山时他对战友们说："要是我们班谁能考上军校，我一定给他个'班嘉奖'。"战友们也开玩笑说："奖什么呢？要是你能把送给你女友的那条漂亮红豆项链收回作为奖品，那我们一定尽九牛二虎之力去争取。"

本来是一句玩笑，他却当了真，立即就铺纸提笔给女友写了一封长信。当时他那已是中学教师的女友也半点不含糊，找了个漂亮的红盒子装着项链，还写了张秀气的字条："奖给考上军校的战友"，贴在盒面，迅速寄回了部队。

也是一次班务会，当他郑重地拿出盒子展示项链，向战友们宣布这个"决定"时，平日里吹牛不用起稿子的战友们顿时个个目瞪口呆。醒过劲后，又都一同去劝班长："这样不妥吧，还是寄回去吧，开玩笑只图一乐用不着当真，兄弟们错了行不千万不能伤未来嫂子的心……军中无戏言！"他一锤定音就把那缕缕相思变为了浓浓的战友情和一份特殊的荣誉。

在离开我们班时，他对接任的班长说："我们班设立了一个鼓励考学奖，奖品由班长提供，希望你和你以后的班长都这样，成为我们班的一个特色传统，我这串红豆还没有奖出去，移交给你，我相信过不了多久就有某一名战士带着它高高兴兴地去上学。"

没想到这份幸运会降临在我的头上。第二天告别战友时，我那强忍着的泪水还是止不住流了下来。班长和战友们帮我提着行李一路叮嘱一直送我上了火车，开车时他们异口同声说："想我们的时候就把"班嘉奖"拿出来看看，有空的时候别忘了给我们写信……"

军校的学友们见我拥有一条如此漂亮的红豆项链，都纷纷前来"开开眼界"，同时千方百计还用语言陷阱要我"老实交代"："还不到十八岁就有人送成串的相思豆，你小子幸福得很嘛，她是谁？从实招来。"我只好一一向他们详细解释，说这是我获得的一种特殊荣誉，一种条令上也没有的、洋溢着我班战友情深的荣誉——"班嘉奖"。他们听后，都不约而同用这几个字表达感慨："班嘉奖？新鲜！好！"

快毕业时，几位学兄学姐委婉地向我提出，是不是拆开项链分几颗红豆给他（她）们。我猜得出他（她）们此时的真正用意，又都是青春岁月心情可以理解，但一下子要把一个完美的事物分割开来，感情上毕竟还是有些舍不得。人尽其才，物尽其用。红豆最大的价值还在于它也叫相思子。与其让它们待在盒中默默无闻，不如分开让它们各自轰轰烈烈。反正那串代表感情大奖的红豆已经深深地铭刻在我的心底。

我抖颤着手剪开了项链，顿时那一颗颗红豆自由地在桌面上打起滚来。学兄学姐们高兴极了。学兄每人给我一推掌，用力虽温柔但我还是被推得不知东西南北，他们趁机瓜分了一半。学姐们也破例个个走近我象征性地拉了拉我的手，让我受宠若惊仿佛当上了总理正在接见来访外宾，她们顺理成章拿走了另一半。各取所需后一齐向我笑笑并问我，怎样感谢你呢？我说到时不要忘了我，只要给我寄一份喜糖就行了。

那些绚烂的花儿

周海亮

女孩受了伤，住进医院。她的眼睛上缠满厚厚的纱布，世界在她面前，突然变得黑暗一片。医生告诉她，一个月后，这些纱布才能拆掉。她问她的眼睛能好起来吗？医生说当然能。不过，她必须忍受一个月的黑暗。女孩有些害怕。一个月的黑暗？她不知道自己会不会疯掉。

女孩只有十二岁。她的父母长年漂在国外。父亲打电话安排妥当她的一切，可是他们不能过来陪她。他们很忙，有许多非常重要的事情要做。父亲说等她拆纱布那天，他一定回来。——医生说过没事的，况且，还有无微不至的护士。

女孩每天躺在床上睡觉，听收音机。她所能做的，好像只有这些。那是两个人的病房，带一个很小的洗手间。每天会有人把饭菜送到她的床前，然后离开。那是父亲为她雇的钟点工，就像一个走时准确的钟表。她不必担心自己的生活问题，可是无边无际的黑暗还是让她心烦意乱。她知道自己对面的床上有一位阿姨。那阿姨常常轻哼着歌。她的声音很好听。女孩想自己是那位阿姨多好。好像，只要能够驱走黑暗，拿什么交换，她都愿意。

有一天阿姨突然问她："你天天这么躺着，闷不闷？"女孩说："当然闷，我快闷死了。"阿姨说："我带你出去走走吧？"女孩问："去哪里走走？"阿姨说："就去后院吧。那里有一个花园，现在，正是各种花儿开放的时候呢。"

于是女孩和阿姨走出病房。这是女孩住院后第一次走出病房。她紧紧

握住阿姨的手，好像生怕自己走丢。阿姨好像猜中了她的心思，她在前面走得很慢。终于她们来到了后院，女孩感觉到和暖的阳光、清新的空气、香甜的鲜花气息还有在花间舞蹈的蜜蜂。阿姨牵着她的手，说："你知道吗？其实现在，花儿开得并不多……因为是春末……牡丹都开了……多是大红的花瓣……像什么呢？对了，像簇拥在一起的大蝴蝶。还有蜜蜂……过几天，半个多月吧，花园里剩下的花苞应该全都开了吧？那时候，你正好可以看见它们啦。"女孩轻轻地笑了。那天她很开心。她一直盼着拆掉纱布的那一天，她盼得心烦意乱。可是今天，突然，她发现，原来期盼也是一件很美好很快乐的事情。

每天阿姨都要带女孩去医院的后院看花。她给女孩描述每一朵花苞，每一棵树，每一只蝴蝶和蜜蜂。有了她的描述，女孩记住了每一朵花的样子，每一棵树的样子，甚至每一只蝴蝶和蜜蜂的样子。现在女孩没有时间烦恼了。因为她的心里有一个芳香的花园，有一片绚烂的花儿。她想，等拆掉纱布那天，一定要那位阿姨为她多拍几张照片。她会站在一簇一簇的鲜花中，阳光遍洒在身，她眯着眼，享受着阳光，笑着。那该是多美好多幸福的事啊！

拆掉纱布那天，父亲从国外赶回来，一直在旁边陪着她。的确，医生没有骗她，她真的在一个月之后，重新看到了久违的阳光。她咯咯笑着，拉父亲跑向医院的后院。——在清晨，那位阿姨离开了病房。她说，她会在花园等她。

阿姨也没有骗她。那儿果真有一个花园，有绿树红花，有成群的彩蝶和蜜蜂。阿姨正站在那里，对着她笑。

可是那一刻，她却愣住了。她发现阿姨无神的眼睛！

她竟然，是一位盲人！她竟然，看不见任何东西！

那天她们坐在长凳上，聊了很多。女孩问她的眼睛会不会好起来？她说，可能会，也可能不会。不过，只要心是明亮的，你就能拥有世界上最绚烂的花儿。

你看见了吗

[美] 安妮·麦考提 翻译：孙开元

要上学了，我等不及要去学校看我的朋友们。当他们看到我时会是什么反应？我不知道，但他们肯定不会像三年前我刚上学时那样。

那一天真是糟糕透了，我的继父巴蒂怕上班晚了，所以早早地就把我送到了学校。当他在学校大门前停下车时，我真不想从他的车里下来。我看到车窗外，一小群学生正站在学校大楼外面，我突然感到一阵恶心，可现在想回家已经晚了。我使劲憋着，没让自己哭出来，磨蹭着打开了车门，直挺挺地转过身，使劲从车里往外挪。我感觉自己又笨又丑，身上戴的矫正架硬邦邦的，让我干什么都觉得别扭，还好，我终于从车里钻了出来。巴蒂和我说了声再见，然后就开车上班了，留下了我一个人站在那里。

我的心里涌起一阵被抛弃的感觉，我在这所新学校里一个人也不认识，真希望自己还是在那所老学校里，和我所有的朋友在一起。我以前的那些朋友都习惯了我的矫正架，他们也知道我戴矫正架之前的样子，所以他们都知道我其实不是现在……这样的怪物样子，至少我这时自己感觉是这样。

一些孩子已经聚集在学校门口了，大门还锁着。我不用看他们就知道，他们在盯着我。我能感觉到。谁能怪他们呢？我肯定是他们见过的最丑、最怪的一个家伙。那就让他们盯着看吧，我无奈地想，我不理他们就是了。我扭过身，背对着他们，重重地坐在通往学校侧路的台阶上。滚烫而又愤怒的

泪水滴在了我的新衣服上，但我很快地擦干了它们。

我低头看着自己的衣服，这可以说是一件漂亮的衣服，可矫正架毁了一切，它让我看上去简直是个畸形儿。我想哭，想逃走然后躲起来，那样就没有人会再盯着我看。但我被囚住了，囚在了这个用皮带和钢板制成的笼子里。皮带从肩膀下一直绑到了胯骨上，两块竖钢板支在后背上，胸前还有一块横钢板支着下巴，它让我的脑袋保持在应有的位置。我要想转一下脑袋，只能连整个身子一起转。

可是在那个早晨，我没转过一下头，我不想看到那些盯着我的陌生人。我应该习惯这样的目光，人们常会盯着我看，更糟糕的是，有人还会问我是不是有些不对头。我讨厌与众不同，可偏偏想遮住这个丑陋的玩意都不可能，它张牙舞爪地支棱着，巴不得让所有人都来瞅它。

我坐在台阶上，心情糟到了家。我是有些不对头。虽然已经是九月了，可天气还很温暖，太阳升得高高的，地上的阴影渐渐消失了，我能感觉到汗水正顺着后背和胳膊流下来。"真是太棒了！除了看上去是个怪物，我还要闻着汗臭味儿！"我心里恨恨地说，真希望大地能裂出个缝把我吞进去才好。

当然，大地没有责任把我吞进去，我只能承受这一天，然后是明天，然后是整个三年。虽然戴着可恨的矫正架，可当有人看到它时，我还是尽量和别人交朋友。可在大多数时间里我还是感到自己又笨又丑，恨不得马上把它摘下来扔掉。

那一天终于到来了，那是春天里下着小雨的一个星期四。当医生对我说可以把矫正架摘下来时，我真是心花怒放，激动之中伸出胳膊，给了医生一个热烈的拥抱。我告诉他，以后我将永远喜欢下雨的日子，我终于自由了！

摘掉矫正架之后，我第一件事就是给我最好的朋友打了个电话，把这件事告诉了她。不过第二天上学时，我还是想给她一个惊喜。我迫不及待地想

听到所有人看到我摘掉可怕的矫正架时发出"哇！"和"哎呀！"的惊叹声。第二天早上是，我手舞足蹈地跑上了学校的教学楼，心里想着："等着他们来看看我，等着吧！"

我就这样等着。在第一节课里，没人和我说过一句话。他们都怎么了？他们看不到我这么巨大的变化吗？也许是他们惊讶得说不出话了吧。可能在下一节课里他们就会注意到我。于是，我再次等待着。还是没人理我。我开始感到难受了，可能是我没戴矫正架也照样难看吧，或者我的朋友们根本就不像我想象的那样在乎我。然后是下一节课，我继续等待着。

下午该放学了，我感到又伤心又纳闷，就连我最好的朋友达妮都没和我说过什么，她又不是不知道我是多么讨厌那个矫正架。我不知道自己想些什么好，但我至少要弄清楚达妮是怎么想的。放学后，我去她家待了一晚上，如果她还不说什么，那我就主动和她说。

我在她家里待了几个钟头，她依然是只字不提这件事。我实在忍不住了，就溜出去问达妮的小妹，安。"安，你发觉我有什么变化吗？"我试探着问她。

"你换发型了吗？"她问。

"没有，不是我的头发，"我不耐烦地说，"是矫正架，我把它摘啦！"我原地转了个圈，朝她上下动了动脑袋，"看到没有？它没了！"

安只是看着我，耸了耸肩。"哦，我是觉得你有些不一样，可就是不知道变化在哪儿！"

后来我慢慢明白了，我的朋友们其实早就接受了我的样子，他们一点儿也没有在乎我的矫正架。他们看我时，看到的是我这个朋友，不管我戴没戴矫正架都一样。

荷兰豆与猪脚汤

芝墨

1

因为去班主任那里交了点东西，当我急匆匆地赶到食堂的时候，先前冲锋陷阵的那些同学已经打着饱嗝，准备离场了。

唯一还开着的窗口前，我看见一个女生正打好了饭菜，是蘑菇炒肉片。擦身而过的时候，我闻到了蘑菇的香味。

"给我一份蘑菇炒肉片。"我说。

"蘑菇炒肉片没有了，荷兰豆要不要？"食堂大妈显然不太友善。她板着脸看我的模样，像看一个耽搁她收工的罪魁祸首。

荷兰豆？我对这种食物向来敬而远之。怯怯地问："还有别的菜吗？"

"荷兰豆。"食堂大妈说。

"真的没有别的菜了吗？随便什么都行啊，除了荷兰豆。"

"荷兰豆。"食堂大妈比我更固执，"除了它，别的菜都卖完了。"

我的肚子在此刻很配合地表达了我的哀怨。我低头看了看它，悲哀地说："好吧，给我一份荷兰豆。"

餐厅的工人们已经开始打扫卫生了。无奈，我只得坐在那个打着蘑菇炒肉片的女生旁边。

天哪，蘑菇真香。我扒着白饭，啃着最不喜欢吃的荷兰豆，越想越觉得委屈。食堂真是的，剩什么菜不好呢，为什么偏偏是荷兰豆？

"你不喜欢吃荷兰豆？"旁边的女生突然问我。

我看了看她，点头："不太喜欢。"

"那……蘑菇炒肉片给你吃。"

"啊？"我惊讶，"这不太好吧，我如果吃了你的菜，你吃什么？"

"荷兰豆呀。"她靠我近了一些，把餐盘推过来，"你吃我的菜，我吃你的菜。"

我小心翼翼地夹起一片蘑菇放进嘴里，心情像去了林间漫步一般舒畅。我敢保证，这是世界上最好吃的菜了。

2

在辨人识物方面，我的悟性并不高。第一天认识的人，第二天如果换了衣服，换了发型，我准认不出来。

可是，这会儿，我与那名爱吃荷兰豆的女生并排走着，我开始细细地打量起她的相貌来。眼睛大而漂亮，睫毛又长又翘，鼻梁的弧度也很完美，嘴角微微上扬，即使不笑，也给人以亲切友善的感觉。

"我的脸上有什么东西吗？"女生转头看我，顺便摸了摸自己光洁秀气的脸颊。

"没什么。"我说，"你是哪个班的？我以前好像没有见过你。"

"呵呵。"女生笑了，"他们果然没有说错，说夏青青眼光很高，从不把别人放在眼里。"

是吗？我在同学们的心里，原来是这么个形象啊？

"我不擅长记住别人。"我说。

"我叫梁姗，是你隔壁班的。我可很早就认识你了哦，开学的第一天，你作为新生代表上台讲话的场景，我印象深刻。"梁姗说，"当时，面对那么多人，你一点都不怯场，我很佩服你呢。"

"啊，这个……"我有点不好意思，"陈年旧事了，不提也罢。"

"夏青青，我一直好奇，你是怎么让自己不怯场的？"

我问她："你近视吗？"

梁姗不解，愣了一下，点头："一百五十度左右吧。"

"我近视比你深些。不戴眼镜的话，十米之外，五官模糊。"我唉声叹气，"凡事有利必有弊。反之，亦然。所以，近视可以防止怯场。"

梁姗又愣了一下，随即"咯咯"地笑了起来，惊得一群在树上栖息的麻雀纷纷展翅逃离。

梁姗说："夏青青，很高兴认识你，但愿你明天仍然记得我是谁。"

我点头："嗯，我会记得你的。"

3

因为学校阅览室的钥匙暂时由我保管，所以星期天的下午，我一直待在学校，直到太阳西沉，才恋恋不舍地把书放回书架。

我从阅览室出来后不久，在楼梯上意外地见到了梁姗。虽然她背对着我，但是她穿着那天与我一起吃饭时的衣服，所以我一眼就认出她来了。

"梁姗？"我走过去，看她诧异地抬起头，眼睛红红的，"你怎么了？"

"我脚扭伤了，好痛！"

我这才注意到，她的左脚脚脖子已经肿得很大，"我背你去医院，走。"

梁姗看我长得单薄，不肯趴上我的肩膀。我说："别看姐长得弱不禁风，姐有的是内涵。"

梁姗这才苦笑，不确定地再次询问："你真的背得动我？"

"嘿，不就三两重嘛，没事，你的脚再不治，恐怕不能跳舞了。"梁姗擅长歌舞，是我前些日子认识她之后才知道的。我没有见过梁姗跳舞，但是我知道，她穿着花边裙子跳舞的样子肯定很迷人。

拍了片，拿给医生看，所幸，没有伤及骨头。伤筋动骨一百天，医生吩咐即使消了肿，也不可以跑跑跳跳，以免筋脉再度受损。

梁姗坐在凳子上，闷闷不乐，说："夏青青，怎么办？不能跳舞的人生，很没劲啊。"

"我陪你聊天。"我说。

"对了，之前你为什么说我只有三两重？"

我拍拍她的肩膀，道："梁姗，三两，这是我记住你的方法。"

梁姗的嘴角很明显抖动了一下，"夏青青，你还真是……"斟酌半天，梁姗对我做出中肯评价，"好特别。"

4

妈妈一边用勺子往锅里放调料，一边笑呵呵地说："从没见你这么用心地学做菜啊，煮给谁喝的？"

"一个女生，她不小心摔了脚。"我说。

"新交的朋友？"

"是的。"我点头。顿了下，补充道，"她是一个会拿着蘑菇炒肉片换走我的荷兰豆的人。"

妈妈点头："原来如此。青青，其实，荷兰豆也不是那么难吃，你有空尝尝看比较好。"

我摊手，对于自己的偏好也颇感无奈，"尝过了，根本就咽不下去。"

当我把装着猪脚汤的保暖瓶放在梁姗面前的时候，不止是梁姗，其他同学也都像看外星人一样看我。

"夏青青，你居然能记得住梁姗？而且，还亲自煲汤给她喝？"

"你们是什么关系？坦白从宽，抗拒从严。"

"夏青青，梁姗对你是不是有救命之恩？"

……

那位同学，你说到点上了。梁姗义无反顾地换走了我的荷兰豆，还真是莫大的救命之恩啊。

"夏青青，我们是什么关系呢？朋友吗？还是好朋友？"梁姗看着我，问道。

"知己啊。"我说，"这个定义怎么样？"

梁姗扶着桌子站起来，用力地拥抱了我，"夏青青，谢谢你。"

我回抱住她："梁姗，也谢谢你。"

5

过了大概半个月，梁姗的脚踝彻底消肿了，她说："夏青青，你功不可没。"

"没什么。"我说。

"汤很好喝，看来你厨艺不错嘛。"梁姗夸赞道。

"过奖过奖，均属实验品。"我心里乐开了花，"你要是喜欢，我下回炒荷兰豆给你吃。"

"啊？不要炒荷兰豆了吧。"梁姗的表情无比纠结。

我纳闷了："你不是喜欢吃吗？"

"谁说的？"

"那天，你不是还用蘑菇炒肉片换了我的荷兰豆吗？"我惊讶地问她，"难

道，你也不喜欢吃荷兰豆？"

梁姗答："不太喜欢。"

我差点跳脚："不喜欢你还来换？"

梁姗笑呵呵地答："我不入地狱，谁入地狱。我看你吃得那么痛苦，就帮你分担一些。啊，喂，别感动得落泪啊，我没给你准备纸巾。"

我一把抱住她，眼睛渐渐地迷蒙了："梁姗，你是我最好的朋友，最贴心的知己。"

梁姗小心翼翼地提醒我："夏青青，我衣服新换的，你别把鼻涕和眼泪擦在上面，好吗？"

这丫头，当真扫兴。不过，我喜欢她的率真。

知己不用太多，三两足够。

有一种"粗心"很美丽

王欣

上周末，陪妻子和女儿去商场购物，恰巧遇上了我们以前的邻居小娜和她的妈妈。两个孩子很久没有见面了，一见面她们很自然地黏糊到一块去了，我突然想起了发生在这两个孩子身上一段叫人感慨满怀的往事。

小娜一家以前住在我家楼下，两个孩子同龄，从蹒跚学步时，俩孩子就整天形影不离，后来，她俩又上了同一所幼儿园，一直到二年级上学期结束，她们还在同一个班，就连晚上做作业，俩人也常在一起。她们学习成绩都很好，每次考试，我家女儿第一，小娜第二，这似乎成了铁定的规律。然而，前年期末考试，这种情况却发生了变化。

我还记得女儿把成绩单拿给我看时，我万分诧异，女儿的成绩竟然滑落到了全班第四名。女儿平时学习都很认真，这次怎么会考得如此糟糕呢？我问女儿："考砸了不要紧，关键有没有分析原因呢？"女儿低着头，语调却颇为轻松地说："粗心了呗！"翻看女儿的试卷，果真如此，有一道数学题，运算方式都对，可结果本该是"215"的，她却是"251"；英语翻译题上，一个单词本该是"soup"，她却写成了"suop"……女儿在这些不该丢分的地方丢了分，实在很不应该。

让我生气的是，当我问她楼下小娜考得如何时，她竟然乐呵呵地提高了嗓门说："小娜考了第一名！"她说话的样子，似乎没有任何懊恼，不"知耻"

哪能"后勇"呢？

大道理小道理，我苦口婆心地对她讲了一大通，可女儿似乎一副丝毫不在意的样子，女儿向来乖巧，可如今却越大越不听话了，我的劝告她几乎当成了耳旁风，这让我烦躁而又无奈，一连数日，我闷闷不乐。

那天，印象中是腊月二十八，女儿从小娜家玩耍回来，眼圈红红的，我问她怎么回事，她没开口，眼泪就出来了。待她情绪稍稍稳定了，才唏嘘着说："小娜爸爸过年不回来啦！"

小娜的爸爸在新疆一个部队，是个军官，的确，一年到头难得见他回家探亲。听了女儿的话，我纳闷起来："小娜爸爸没回来关你什么事啊？你哭啥？"

女儿抹着眼泪，接着说："小娜爸爸答应她，只要她考了第一名，今年就回来陪她和妈妈一起过年，这次我故意做错了几道题，让小娜考了第一名，可她爸爸今天早上在电话里说，又回不来了……"

原来女儿考试时的"粗心"，是想圆小娜一个美好的愿望。如今，小娜的爸爸食言了，小娜的愿望破灭了，女儿的愿望也破灭了！听着女儿委屈而又伤心地叙说，我被感动了。我想女儿考试成绩第四名也是光荣的，或许比第一名更有意义。

陪你走一程

程应峰

一个失魂落魄的青年，在一个寂寥的夜晚来到一架大桥上，他默默回忆着那段属于他的爱情，他不能不心灰意冷。这时，走来一个女孩，一个他素不相识的女孩，在他耳边轻轻说了声："你一个人？让我陪你过桥吧。"

他虽思绪混乱，没听清她说了什么，可他听到了她温柔的声音。他回过头茫然地看了她一眼：她不过是个女孩子啊，走在这寂静无人的桥上，她的柔弱，她的无助让他心头一动。

出于一个男子的自尊，他下意识应了一声："我送你吧。"尽管他心底涌动着难言的忧愁，可他还是和她肩并肩向桥的那一端挪动了脚步。"你还好吧？"女孩说。"当然，我没怎样啊！"他回答。"这样就好。"女孩舒心地笑了。

他们走着聊着，不知不觉到了可以分手的地方，她挥了挥手，身影消逝在夜色里。他蓦然明白，不是他陪她，而是她陪他走了这一程，虽然短暂，却再一次让他感觉到了人生的美丽温馨。

一位身患绝症缠绵病榻的出租汽车司机，一度情绪低落，思虑重重，他担心他的病，时间一长，会拖垮本来就很不容易的家，便有了寻短见的念头。

令他意想不到的是，出租汽车公司的领导在得知他的病情后，不仅想方设法保证了他的治疗费用，还经常来看望他，鼓励他积极治疗；并通过当地

交通台《的士空间》节目，为他打气加油。他在病榻上听见了他们真诚的声音："挺住了，好兄弟，你的身边有我们。""好兄弟，班里的哥们只要聚到一块，就会说到你，感到缺了你真多了点寂寞……"病床上的日子，他每周会收到公司送来的象征美好祝福的花篮，每天能听到司机们真诚质朴的问候。

后来，这位出租车司机还是走了，他是在别人的陪伴下，带着微笑和安详走的。

于人来说，在苍茫的时空长廊中，再长的人生也不过是一段短暂的行程。人生旅途不管怎样坎坷，总会有人陪伴你走一程。而再怎么样不能分开的人，也只有相伴走一程的缘分。父母会先我们而去；儿女也无法永远守候在身边；亲朋好友、同乡同事呢？也还是人生旅途上的匆匆过客。陪你走一程的人难免有苦有乐、有热有冷，不消说走多远爱多深，最长最久的不一定是和你相怜相爱的那个人。

有一支歌唱得绝妙：不要问，明天还剩下多少行程，只要爱过，一生就算完整。

请你原谅我

顾文显

姚小刚家住在一个极其偏僻的小山村里，学校是当地民办的，很小。全班 20 名同学中，姚小刚顶顶看不上的是江红艳，为啥？两家原来就为承包田分配问题闹了好几年矛盾，偏偏姚小刚的爸爸上山偷猎野猪，冤家路窄，恰巧让江红艳的爸爸撞见，偷猎可是政府明文规定犯法的事啊，于是，姚小刚的爸爸被派出所抓去，关了 15 天，还罚了巨额款，他们家立刻发生了经济危机，差点儿停了小刚的学！这样，两家的疙瘩越结越深，妈妈告诉小刚，你不用跟老江家的闺女来往，他们家没个好人。小刚就记住了这话。可是在学校里老师总是教育同学们要搞好团结，他不敢公开跟江红艳过不去，只能背地里找茬儿。

江红艳学习用功，成绩总是全班第一，又当着班长，她平时没缺点，老师舍不得批评她呀，倒是他姚小刚爱淘气惹事，做题马虎，老师动不动总爱训他："你看人家江红艳同学，怎么不向她学习！"他嘴里不说，心里想，哼，我凭什么向她学，她家没好人。等哪天给她点颜色看看，让她张狂！

到期末考试了，姚小刚老早就打好了主意，考数学，他算准两道题的得数都是正数，等江红艳交卷，他也去交，手里却暗暗握着只铅笔头儿，看准江红艳的答卷，果然得的是那个数，小刚乘老师不注意，将江红艳的那两个得数前面各加了一道小横杠儿，就变成了负数，做完这些，姚小刚一连好几天心里怦怦直跳，总以为老师看出了他的坏招。后来，成绩公布，江红艳头

一次没排上第一，听说她背后地里偷偷地哭了。姚小刚很出了一口气，好，就得教训教训你。

学校里种有一块校田地，为的是收点钱补充一下经费，放暑假，同学们都集中到这儿劳动。姚小刚一看，江红艳穿着非常新鲜的衣服，小辫上还绑了个崭新的蝴蝶结，火气就又来了："你当班长呢，穿这样子像劳动来的嘛！"本以为江红艳会发火，借机会吵他一架。可是，人家江红艳不但没发火，反而赔着笑脸说："姚小刚，你批评得对。我姑妈来串门，送我这些礼物，我不穿，就惹她老人家不高兴啦。下午姑妈走了，我马上换下来。"得，仗没打起来，姚小刚更好像让谁嘲弄了似的，他想，等会儿干活时再说，你体力差，我非让老师说你几句不可。

他们干的活是锄地，这可是姚小刚的拿手好戏。他第一个打头，低着头一憋气地锄出去十几米远，以为把同学们拉下老远了，谁知道一抬头，把他气得要命，江红艳紧紧地跟在他身后，一步也没落下！姚小刚更加来气，不管老师一再叮嘱不要太急，他埋下头一直锄到了地头。偷偷从腋下往后一看，江红艳还是紧紧地跟了上来！东北的山地，地头上都是半人高的蒿草，让它任意生长，影响农作物，姚小刚狠狠地说了句："躲开，碰着谁活该。"磨身就疯了似的用锄头砍那地头的蒿草，他把一肚子气都发在草上了。这一砍不要紧，只听"哎哟"一声惨叫，江红艳捂着脸蹲了下去……原来他的锄柄捣在了她的脸上！

老师和同学们听到叫声，都过来看，掰开江红艳的手，大家惊呆了，只见她右眼眶青紫青紫地鼓起来老高，眼睛不大功夫就肿得睁不开，看来姚小刚用力过猛，把江红艳的那块骨头给捣断了！

姚小刚觉得天旋地转，大脑一片空白。这祸真闯大了。他绝望地看着老师："老师，我……"老师瞪了他一眼，背起江红艳向山下跑去，姚小刚像丢了魂似的，

跟在同学们后面也下了山。

姚小刚边走边想，完了，同学们都在场看着呢，把人家眼睛弄坏了，后果怎么收拾？下到山底，听到有人吼叫什么，他一抬头，差点儿瘫在地上，谁？此刻这个世界上他姚小刚最怕的人——江红艳的爸爸听到消息赶来了！

江红艳的爸爸刚刚喝了点酒，瞪着两只血红的大眼，厉声问："你这坏小子，怎么回事？说！"看来哪个嘴快的告诉了他真相，其实早晚脱不掉的，江红艳是她爸爸的命根子，这下子，小刚害怕地想，不如刚才跳到山崖下摔死算了，那也比这滋味好受！

老师上前去："大叔……"这时，江红艳挣扎着从老师背上下来，向她爸爸说："爸爸，您当家长怎么动不动这样子？人家小刚同学不是故意的，怪我低头撞在他锄头上了！"

不但姚小刚吃惊，连老师也没想到会是这样一个结果。江红艳的爸爸听女儿这么说，也不再吱声，只是心疼地问："老师，她的眼睛会不会有问题？""大叔，您放心，没伤着眼球。这么善良的好孩子会一生平安的。"老师的眼睛湿润了，他哽咽着吩咐："同学们下午休息待命，我先送红艳同学去县医院。"

老师和江红艳的爸爸送红艳走了。

回到家里，小刚闷声不响，江红艳同学那青紫的眼眶一直在他脑海中出现，怎么也忘不掉。他想起红艳在关键时刻为他解围的那句话，多么好的同学，多么值得敬佩的好班长啊。可是自己怎么为一点家庭矛盾，总跟人家过不去呢，这样的人还有什么出息！

夜里，小刚敲开了妈妈的门，把白天的一切老老实实地向爸妈说了，感动得他的父母竟然哭出声来……

天不亮，姚小刚一家三口动身去了县医院，他们各有各的心事，小刚最大的愿望，就是当着老师和江红艳的面，彻底承认自己的错误，半句也不带撒谎的，然后，真诚地向红艳同学说上句："请你原谅我……"

第五辑
氧气一般的朋友

　　文字可以让我平静地诉说心中所想，从某种意义上来说，纸信其实是我们共同走过的那段岁月最好的注解，也只有这种方式不致破坏心中的美好，可以让岁月停留，让友情历久弥香，虽然，这封寄自回忆的信件中如今已多了一缕美好的忧伤。

桑树下的秘密

周莹

童年时代，杏子姐家的竹林边生长着一棵高高大大的桑树。因为桑树朝阳，年年果实累累，颗粒硕大。

那时，我和杏子姐不仅屋挨屋地住着，而且还是同年同月出生的。只是，她比我大七天，一直以姐姐身份自居。每当桑葚成熟的季节，她总是在放学后拉住我的手："到我家摘桑葚去。嘘！小声点。"很快我们就溜进她家那片竹林里，秘密寻找桑树的枝丫。

每次都是杏子姐攀上树枝去寻找颗粒最大的桑葚。她总是把摘好的桑葚用纸包着，喊我"樱子，你接住哟"。然后我就看见一团纸包从树梢间飞了下来。我伸出双手，飞跑几步，准确地接住纸包，打开。哇！那一个个紫红的桑葚，肥胖圆润，晶莹剔透，馋得口水直流，我狼吞虎咽地吃了起来。

记得，有一次我突然心血来潮，要自己上树摘桑葚，她不肯。"姐姐我给你摘。你看，树枝那么脆，你上去万一摔下来，受伤了怎么办？""可是，你不也在上面吗？"我生气地找理由反驳她。

她摸着我的头发说："我比你大呀！你那么小，腿没有劲，上树后站不稳的。""那我和你不是一样高吗？""可是，可是我比你大，我上树技术比你强。""你没有让我上过，怎么知道我一定比不上你呢？"我赌气地说。

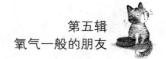

看到她再也找不出理由了，我做出爬树的姿势，接着像猴子那样敏捷地爬上树梢，开始我的执著。"你要吃好多？我都给你摘。"她在树下喊叫。我不理睬她，自顾在树上嬉笑。她在后面也上来了，我朝上攀一步，不想让她抓住我。没有想到，我脚下一滑，就悬空了，幸亏手里抓住树枝。我吓得要哭了，她从下面的横枝上摸索着走过来，拉住我说："不要怕，有我在。"我一扭头，手也松了。"呼啦"一下，我和她都摔到地上了。我睁开眼睛，却是躺在她身上。我爬起来，拉住她，眼泪就流了出来。她自己爬起来，我看见她的衣服破了，后背上有一块紫红的伤疤，是刚才擦伤的痕迹。她叫我不要吭声，就又上树去了。

夕阳西下，余晖映红了整片竹林。杏子姐摘完桑葚下来之后，我们一齐背靠桑树，忘记了刚才的不愉快。我们吃着桑葚，笑着闹着，嘴唇，脸蛋，手指，都变成紫红色了。

突然，我发现她书包里还有一包桑葚，我眼疾手快地抢过来，打开一看，竟然都是大的，就吵着还要吃。她不允许，我很生气。可是，她拽着我的衣襟说："这是留给村里的五保户龙奶奶的。她年龄大了，眼睛花了，想吃也摸不着桑树的方向。"我瞪大了眼睛看着杏子姐，好像不认识她一样。她对我的好奇解释道："我爹说龙奶奶没有儿女照顾，逢年过节我都陪他瞒着嫂子去给龙奶奶送好吃的。我告诉你一个秘密。你千万不要说出去啊。""什么秘密呀？"我凑过头来，把肩膀靠在她的面前。"我要好好读书，将来读大学，出来当老师，然后我要把龙奶奶接到我家里来，我养活她。"我点头，确信她能够考上大学，因为她的成绩总是我们班第一。不过，对于她的秘密，我愿意守口如瓶。

我说："可是你要养活龙奶奶，现在就可以啊！""现在是我嫂子当家，她的厉害你不知道啊？"她撅着嘴巴很生气。我不再言语，刚才触及她的痛

处了。

那个季节，我每天都和杏子姐一起摘桑葚给龙奶奶送过去。突然有一天，我在她书包的小格子里发现一个非常小的镊子，问她是什么。她说是捻眼睫毛用的。我很惊讶："你还用这个？"她坦然一笑："是我给龙奶奶捻眼睫毛用的。人老了眼睫毛都是要倒的，倒了刺激眼珠，就必须捻掉。"哦。哪里买到这样的玩意儿？在城里买的，好贵哟。她拉过我的手，我们把桑树环抱着。她说："这是我的秘密，不要让我嫂子知道，要不她会打死我的。"我点头答应。"可是，你哪里有钱买这个呢？"我拿着那个不锈钢的镊子左看右看。她抬头看看竹林外边，确信没有人影时才小声说："我悄悄卖了家里的木耳，我嫂子还以为是别人偷了呢。"

树上桑葚不多了的时候，我们班的班长也来了。她破例叫我上树去摘，我真是高兴坏了。我在树上密密麻麻的叶片下寻觅桑葚的时候，隐约听到她在树下和班长说什么话。我停下手来，蹲在枝丫上仔细倾听。班长说："你要给龙奶奶买药，我给你借钱。"她一直摇头，并不接钱。他又说："等我俩都上完大学，你有了工资再还不迟。"她说："你给我们做伴一起到我家山上剥杜仲皮卖钱买药。""你和她还怕？"班长说的时候指了指树上的我。她说是的。那好："这个星期我瞒着我妈来。"他说完就把钱收起了。她笑了，随即又仰头问："樱子，你听见我们说什么吗？"我假装摘桑葚说不知道啊。我听见她和班长一起嗤嗤地笑了。

那年，我们一同考上了初中。后来，因为杏子姐的父亲出了事故死了，她没能上学。她嫂子做主把她许配到外地，并且狠收了一笔彩礼。

杏子姐出嫁的那天，一个客人没有，一分钱的陪嫁没有。她从娘家带走的唯一的东西是两棵桑树苗。

等我从学校回来时，杏子姐乘坐的客车已经扬尘而去。我望着伸向山外

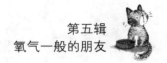

的公路潸然泪下。

回头的那一刻，我看见那个高大黑瘦的班长无奈地站在公路的拐弯处落泪。

紫红的桑葚，紫红的童年，紫红的情感，还有桑树下那紫红的秘密，从杏子姐出嫁的那一刻开始就已经结束了。

谁在过去等着你

石兵

少年时，家的钥匙一直被奶奶系在我的胸前。上学放学，要经过一段长长的山路，与我结伴而行的是一个叫菊的小女孩。菊身形瘦小，喜欢穿一身淡黄色的衣服，她跟生人一说话就会脸红，只有跟我在一起才会恢复一些孩子的活泼。

一切都源于那把钥匙。有一天黄昏，我和菊放学回家，一路蹦蹦跳跳打打闹闹。回到村子里，我突然发现脖子上系的钥匙不知何时已经不翼而飞了，父母去了遥远的城市打工，奶奶此时还在十里外的田地中劳作，进不了家门的我顿时急得满头大汗。

菊突然小声对我说："要不，先去我家吧。"

听了菊的话，我心中一愣，心头突然升起了一片疑云。

村子里的人都说，菊的娘是个不祥的人，自从嫁进村里，先克死了第一个孩子，又克死了公公婆婆，最后更是干脆克死了自己的男人，只有菊八字硬，跟着娘活了下来，但也是面黄肌瘦，吃了上顿没下顿。我还听说，菊娘经常请人来家中做客，每次有人去了她家后，客人就会生一场大病，然后菊家里的日子就会好过一点，据说，这是菊娘引了别人的气运，壮了自己的气运。

菊请我去她家，不会是怀了别的心思吧。我突然想起，在路上，和菊追逐打闹时，她总是不经意地把手伸到我的脖颈处，似乎是想拉扯我挂在胸前

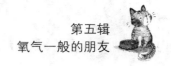

的钥匙。

少年心性不懂遮掩，我越想越怀疑，忍不住大声叫了起来："菊，你说，是不是你把我的钥匙扯下去了，让我去你家，让你娘引气运，想得美，没门！"

听了我的话，菊的脸刹那间变得惨白，这还是我第一次看到这个爱脸红的小女孩脸色变得这么白。那种惨白顿时吓了我一跳，潜意识里，我觉得自己似乎是做错了，但却又不知道该做些什么。这时候，大滴的眼泪从菊的双眼中滚落下来，但她却没有发出半点声音，我们两个就这样呆立在了村口。

不知道过了多久，菊突然转身向上学的路跑了过去。这时，天色已经暗了下来，我犹豫着该不该跟她一块去，我知道，她一定是去找我丢失的钥匙了，但看看逐渐阴暗的天空，我还是打了退堂鼓。

一直到天色全黑了下来，菊还是没有回来，倒是奶奶和菊娘出现在了村口。看到呆立村口的我，奶奶连忙把我拥入怀中，菊娘问我："石伢子，菊呢？"

我指着前方无边的黑暗，说："她回学校了。"

菊娘一句话也没说，就向前方的黑暗跑了过去。

奶奶看看消失在黑暗中的菊娘，又看着我，叹了口气，对我说："伢子，这娘儿俩过得苦啊，吃不饱肚子，还得让人说三道四。"

听了奶奶的话，不知为什么，我的眼泪突然就流了下来，我拒绝跟奶奶回家，就站在村口等着。

又不知过了多久，菊娘才背着菊走回了村子，菊的裤腿破了，有丝丝的血迹渗出来，似乎是摔了跤，她看到我，什么话也没有说，菊娘冲我勉强笑了一下，便匆匆回家了。

钥匙最终还是没有找到，菊却不再与我结伴同行了。我很快找到了新的伙伴，她却从此变得孤独一人。很快，菊就辍了学，跟着菊娘在家种地。

多年后，我考上大学把家安在了城市里，菊则嫁给了邻村的一个庄稼汉。

回村时，我偶尔会见到她，却早已形如陌路，如果没人提醒，我根本不会知道，那个荷着锄头的农妇就是当年素淡害羞的菊。

关于那把钥匙的去向，没有人比我更清楚，因为第二天，我就在学校的课桌里找到了它，但是，我却再也没有勇气拿它出来打开家门了。

时至今日，我脑海中还常常会有一个身穿淡黄衣服的小小身影跳来跳去，像一朵风中飘摇的小小火焰，扯得我的胸口一阵阵疼痛。我知道，那枚钥匙实际上已经丢失了，因为，有一扇门已经永远地对我关闭了，那就是一个七岁小女孩的心门。我不知道，菊后来的命运是否与这枚钥匙的丢失有关，但我明白，一种源自时光深处的伤痕已经深深烙刻在了我的心里，每当忆起，它都会狠狠拷问我的良知。

生活就是这样，它会同我们开一些意味难明的玩笑，将一些珍贵的事物放在沿途的风景中，让我们擦肩而过，在错过之后，却又让我们发现它存在过的蛛丝马迹。循着这些痕迹追寻，我们就会发现，它一直在过去等着我们，它已凝结成了内心深处的伤，而时日愈久，它所带来的伤痛就会更加深切。

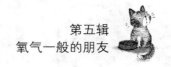

思念让你如此美丽

龙玉纯

还记得吗？那个"今天太阳不大高兴"（你的口头禅）的星期天下午，我和大三的几位学兄进行乒乓球比赛大获全胜，得意洋洋地从学院俱乐部舞着拍子哼着歌往宿舍里跑。没想到在拐弯处急刹车无效撞上了正要去教室看书的你。实在不好意思，当时把你怀抱的一包书撞了个"天女散花"。一边道歉一边立即低头为你捡书，没想到这些书里除课本外还有一本崭新的是我喜欢的——《中国当代散文精选》，我这个散文爱好者看到新书榜后曾到处买它无果，想不到今天能够意外碰上，便又厚着脸皮当即开口向你借，你很爽快地答应了，并还问我是否碰痛了胳膊。军校一个队的学友，不撞不相识，这一下便彼此知道了名字后来还成了很要好的朋友，现在虽然彼此相隔千里还时常联络的朋友。

那本书除了扉页上抄有一段话外，后面还没有半点翻动过的痕迹，显然是刚从新华书店里买回的。能把自己新买的书慷慨借给别人，看样子不是一个喜欢斤斤计较的女孩，我当时猜想（后来通过交往，证实了我的猜想没错）。抄的这段话是那时正享誉华夏的汪国真的一首不知其名的短诗。由于我那时不太喜欢赶时髦，再加上对汪氏诗文有些偏见，认为他写的那些哲思短语和诗歌太浮太露不厚重，因此读得少，一直到前年休假没事再拿出他的作品细读，才弄清那首短诗名为《热爱生命》。我清楚记得你在书的空白处是这样抄的：

我热爱生命，更热爱军营，抄江国真诗自勉：

我不去想是否能够成功

既然选择了远方

便只顾风雨兼程

我不去想能否赢得爱情

既然钟情于玫瑰

就勇敢地吐露真诚

我不去想身后会不会袭来寒风冷雨

既然目标是地平线

留给世界的只能是背影

我不去想未来是平坦还是泥泞

只要热爱生命

一切，都在意料中

9月28日

好一份热爱生命的宣言！好一份豪放的女兵宣言！！我当时看过以后深深地为这回肠荡气的男子汉誓言今天变为了一个女兵的座右铭而震撼，心想这个小丫头今后一定不简单。

课后和你吹牛也是一种享受。当时我最喜欢听你说京剧界的奇闻轶事，

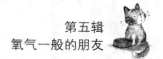

及各种流派、行当的演唱内幕，听你说你父亲一到星期天便脱去军装到皇城根下和七八个戏迷聚在一起吹拉弹唱。我是个南方人，当兵又在广州，对北京的神圣早就神往，对被称之为"国粹"的京剧也只有耳闻而知之甚少，你的话让我大开眼界，顿时觉得平时不怎么感冒的黑脸花脸白脸大胡子从此有了不可抗拒的吸引力。时下很多报纸杂志说年轻人不喜欢京剧，我认为这个结论下得有些武断，如果多途径多方面加大宣传力度，让年轻人多些了解，我相信是有很多人会喜欢上它的，毕竟京剧的艺术体系是世界上三大表演艺术体系之一，它（梅氏体系，即以梅兰芳为代表的京剧表演体系）和斯氏体系（即俄国斯坦尼斯拉夫斯基体系）及希氏体系（即德国布莱希特体系）一样名扬世界舞台。京剧界你最喜欢李维康，不但对李维康所演出过的剧目能一一道来，比如传统剧《霸王别姬》《秦香莲》《玉堂春》等，新编历史剧与现代戏《宝莲灯》《谢瑶环》《蝶恋花》等，而且少数段落还模仿得有板有眼。记得有次元旦晚会上你唱的《四郎探母》中铁镜公主的"西皮流水板"，甜润传情，很有功底，使全体学友大吃一惊，从此背地里叫你小李维康，简称小康。每次学院有什么演出活动，我们便一致推荐你代表我们学员队出场，还总能赢回荣誉。

军校生活是紧张严格的，可这并不影响我们各自的业余爱好。我喜欢文学，很多课余时间都泡在图书馆里看书读报，不时还有感而发写写肤浅的散文和小诗，偶尔也有短文见诸报刊，算是对我热爱的回报。你喜欢摄影，学院里的各个"景点"没有一处逃出过你的镜头，好多学兄学姐学弟学妹的光辉形象便出自你之手，你的摄影作品还上过许多报刊，于是我们又戏称你为军校业余摄影记者。

还记得吗？我们曾有过一次很好的合作。那次我写了一篇自认为很成功的散文，交给学友们看后也都是褒词，你看后首先说文章写得不错，然后说

如果能配上一幅生动的照片那百分之百会刊发。到哪里去找照片呢？我的两本影集从头翻到尾也没有中意的，只好求助于你。我说你的影集是个万花筒，每张照片都各有特色，随便拿出一张都能胜过我的拙作，毕竟是位受过名师指点的摄影爱好者。最后我取了一张你自拍的单人像，一个人见人爱的漂亮军校女学员形象。由于投稿心急，我只注明了摄影作者和文字作者，没有说明影像是谁，这给后来杂志编辑留下了误会的空间。三个月后，我们的合作有了成果，文图在某期刊的显著位置一同发表，编者还特称该作图文并茂，出自军校大学生之手实在难得。有点遗憾的是在图片说明时出了一点可以原谅的错误，说明为"作者近照"，摄影者你的名字。你看后哈哈大笑，还说谁叫你爸给你取个女孩子一样的名字呢？不知是因为那篇文章写得确实可以还是你的照片漂亮，不久后我收到了许多大学生读者的来信，他（她）们都愿意与我和你交朋友互相通信。为了回信，有一段时间我吃饭都很紧张，你却好，看完来信后就笑，笑过后就给我出歪点子教我回信怎样写，自己又偏偏不动手，好像你是旁观者，这事与你无关。

"我想到西藏边防部队去工作，你看好吗？"大约是离毕业还有一个月的时候你对我说。你的这个决定让我大吃一惊，去西藏可不是一件好玩的事，就算是男同学要去，也要反复思量才敢做出如此决定。西藏有幽蓝的天空，有圣洁的雪山，有神秘的文化，边防部队当然还有艰苦的条件，这些都是吸引你的主要原因。我不好说你什么，苍白无力地回答你"只怕学院不会同意"。军校可不是自由市场，并不是谁想去西藏就会让谁去的，当然还有一定条件，至少要"三好"，思想好成绩好身体好的人才能去。你第一个自愿向学院交了去西藏的申请，院领导经过全面考察，认为你身体太弱不适于去边防，便把你分配回了北京。宣布这个命令的时候你哭了，你的眼泪让我想起了那本散文精选上你抄的那首汪诗……

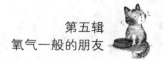

　　这几年你很是有些名气了，许多大报大刊都经常可以见到你摄的新闻图片和艺术作品，以及大篇大篇专业和非专业的文章，让我这位至今还在寂寞中摸索的同年学弟很是羡慕。记得你前时在给我的来信中特意关于寂寞说过这样一句话：男人在寂寞的花香里走向成功，女人在成功中走向寂寞的花香里！这是对你自己的真实写照，还是对我无所作为的安慰？寂寞与成功之间真有那么个因果关系吗？但愿这话也对也不对。还是你抄的那首汪诗说得好：

　　我不去想未来是平坦还是泥泞

　　只要热爱生命

　　一切，都在意料中！

同桌的她

龙玉纯

那时的她既冰雪聪明又纯真漂亮，在我眼里就像天上的星星高不可攀。新学期班主任老师安排我和她同桌，竟让其他小伙羡慕不已。

高中时光飞逝，我们成了无话不谈的好朋友。有一天上课时她悄悄对我说："马上就征兵了，我想当女兵去，你有想法吗？"

"我从小也挺向往军营的，可以报名参加体检试试。"我附和着说。

无心插柳柳成荫。一个月以后，同桌的她和我奇迹般地一同穿上了绿军装，又一同激动地走上了驶往南国的运兵专列。随着列车的汽笛声渐渐远离我们生活了十七年的家乡，我的心顿时莫名地彷徨和伤感起来。而她却像一只刚刚冲破樊篱的欢乐鸟，迈着轻快的脚步来到我坐的车厢，为我送来矿泉水、面包、巧克力和一些叫不上名字的食品，还有调皮的笑容和亲切的问候。

还算走运，新兵训练时我们分在一个营，我在一连一排三班，她在三连女兵五班，彼此隔得不太远，节假日或全营集合时可以见上一面。

并不是穿上了军装就成了一个合格的军人，从一名学生变为一名军人还需要严格的学习与训练。新兵生活光用一个"苦"字来形容是不全面的，对于她和我来说，用"炼狱"两字也许更为贴切。紧张的节奏，严格的纪律，超过常人体能的训练，常常使我的汗水和眼泪一同挥洒。夜深人静时，她常常出现在我的脑海中——一个娇生惯养的女孩子，她能挺得住吗？

一个星期天，她在她们班长的带领下来看我。那时的我并不知道部队里对男女问题的敏感程度仅次于敌情。她的右手被纱布包扎着，我赶紧问她这是怎么啦，她回答说是训练时不小心挂了一下，没有什么大问题。我心疼地说："那肯定流血了，你哭了吧。"她红着眼睛说没有。她的班长告诉我，她训练相当刻苦，是全连的标兵。

果然，新兵训练结束时，她被评为训练标兵，并且作为代表在训练大队总结大会上发了言。戴着大红花的她又黑又瘦，发言时声音洪亮，完全不像在学校时的慢声细语。我的心一阵阵颤动。我在台下使劲为她鼓掌。

她幸运地被分配到军部通信连，而我却随一纸命令来到了大山深处的一个哨所。班长告诉我，那个哨所紧靠原始森林，条件艰苦，环境恶劣，在整个军区都有名，要我充分做好思想准备。走时我真想大哭一场，一看到送行的她在一旁半言不发，便顿时忍住了泪水：男子汉有泪不轻弹，怕什么！艰难困苦，玉汝于成！我头也不回地爬上了连队来接我的卡车。

没想到她的来信会这么勤。月底的时候连队派人给我们哨所送来了报纸和信，有我的三封，其中两封都是她写的。她在信中介绍了自己下连以后的情况，以及今后的打算，告诉我她从现在起每周给我写一封信，每月给我寄一本书，每季度给我寄一张相片，最后还告诫我不要因为条件艰苦就怨天尤人，一定要站直了别趴下！

时光就像天际那一缕如丝如织的白云，不声不响地从我头顶悠然飘过。一转眼我就在哨所工作了整整一年。这时她给我来了一封很长的信，详细给我介绍了军内几所有名学院的情况，要我根据爱好先选几所，避免到时参加考试填写志愿时盲目。在信的最后还给我留下了一个谜：有一个关于她的好消息，暂时不告诉我，要想知道结果，请看近期的军区报纸。

数着指头等连队派人送来报纸，竟有些度日如年的感觉。半个月后，我

心中的谜终于被解开：她在集团军通信大比武中夺得一枚金牌，同时荣立三等功，报纸上刊登了一组她在比武时的照片。看完后我像自己立了功一样高兴，拿着报纸风一样跑到正在执勤的哨长前，用冲锋枪连发的速度大声说道："哨长哨长，这就是又给我寄书又给我写信的那位女兵，你看她上报纸了！"

哨长看我兴奋不已的样子，笑着摸了摸我的头："刚才连队电话通知我，要你立即下山参加军校招生统考的复习。"

那天晚上我睡得很香。我做了一个梦，梦见自己和她一同走进了那所最有名的军事学院，宽大的阶梯教室里，我们又是同桌——

她穿着崭新的军校学员服，像一棵亭亭玉立的白桦！

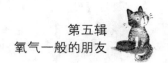

像男子汉一样活着

石兵

19岁那年的除夕之夜，家家都在享受团圆之乐，我却独自一人踏上了远去的列车。车上人满为患，坐在靠窗的座位上，好久好久，我的心都难以平静下来。

突然，不知从哪儿发出一阵惊天动地的鼾声，我吓了一跳，发现声音是从对面座位发出来的。看样子，打鼾的是个农民工。我忍不住咳嗽了几声。那位农民工猛地睁开眼，打量了我一下，开口道："同学，请问现在几点了？"说话字正腔圆，态度谦和。我好奇心一下子给吊起来了，同他聊了起来。

没想到他竟然是个在校大学生！攀谈中得知，他是个山里人，家境不好，所以常去建筑工地做夜工。他有个妹妹，年纪跟我差不多，平时上学要翻十多里山路，双脚经常磨出血泡，可妹妹成绩非常好，他打工挣的钱除了自己用，都攒着给妹妹将来上大学。

说话时，他语气平淡从容，仿佛在讲别人的故事，我在一旁却听得心惊肉跳。

他说："弟弟，你在上高中吧？"他把我认作弟弟了。

我点点头："高三。"

"是吗？"他沉吟了一下，"那过几个月就要高考了，弟弟准备得怎么样了？"

我脸"腾"地红了，我不敢告诉他，我迷上了上网、泡吧、K歌，学业早已一塌糊涂，就在今天下午，还与父母大吵一架，然后偷了家里的一千块钱愤然离家……

见我不说话，他也没再追问下去。为了掩饰内心的不安，我推说要去洗手间。

可很快我就后悔了，过道里人山人海，每走一步都难如登天。我被夹在了半路当中，进不得退也不得，眼泪都快掉下来了。突然，一只有力的大手轻轻拍了拍我的肩膀，与此同时，一个熟悉的声音响起来："弟弟，你跟我来！"

他在前面开路，我注意到，他走路时一瘸一拐的，似乎腿上有伤，虽然在努力掩饰，可脸上还是渗出了豆大的汗珠。

上完厕所，他又带着我一路披荆斩棘回到座位上，刚一坐下，他就取出一条毛巾不停地擦汗。我不说话，只是一个劲儿地盯着他的腿，左大腿部位明显是有夹板之类的东西。他发现我在注视着他，于是轻描淡写地说："干活的时候砸着了。""你应该躺在医院里。"他笑了笑说："没事，家里只有个妹妹，所以过年得回去，我要活得像个男子汉，给妹妹树个榜样！"

我忍不住泪流满面。他慌了，叫我别哭，否则别人会说他欺负了我呢。

又聊了一会儿，倦意袭来，我趴在座位中间的小桌上睡着了。醒来后，天已大亮，再看看对面座位，不知什么时候他已经下了车。这时，我发现双臂下面压着一张纸，我拿起纸，只见上面用工整的小楷写着两行字：弟弟，回家吧，像男子汉一样活着！

我小心翼翼地把纸条收了起来，放在贴身的衣袋里。接下来，我在最近的一站下了车，然后买了返程票回到了家，推了推门，门虚掩着，看到焦急疲惫的父母的那一刻，我终于忍不住失声痛哭……

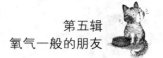

现在，我已经研究生毕业，有了一份人人羡慕的工作，但我一直珍藏着那张已泛黄的纸条，每次看到它，我面前总浮现出一张坚毅的面庞，心头泛起一阵阵温暖……

氧气朋友

邹凡丽

那年，我投资失败，在服装厂打工。我精神焦灼，整个人几乎陷入崩溃边沿。当时住在一个八人间的宿舍里，我的下铺是卢佳，她28岁，成天笑呵呵的，很乐观果敢，雷厉风行。她有很多口头禅，诸如："算了，算了，别计较那么多！""成不成，先做了再说！"仿佛这世上没有什么事情能破坏她的心情，也没有什么事情能难倒她。卢佳在下铺用脚把我的上铺床板蹬得嘭嘭响："有什么过不去的？你不是还活着的吗！天塌了当被盖！"很多年以后，当我东山再起的时候，自己心态平静下来。如果当初不是卢佳，我很难度过那最难的两年。那两年，我像沉于深海里的鱼，不见天日，是卢佳的坚强和鼓励，给了我希望的"氧气"。

赵姐，是我生意上的朋友，一个远隔千里从未谋面却总能让人感觉贴心温暖的大姐。她爱说"咱们"，想到她，我就知道自己不是一个人在战斗。有次我们的司机给她送货过去，却迟迟未到又联系不上，接到赵姐的电话，她的声音很缓和："妹子，别急，咱们一起想办法。"一句"咱们"，我的心立刻安稳了下来，因着急而短路的大脑似乎也灵活起来，我拨通司机老婆的电话，她告诉了我另一个号码。热心快肠的赵姐总能让我感到心安，平时我的生意遇到难题时，我也会打电话给赵姐，让她帮我想办法。她是我生意场上赖以生存的"氧气"。

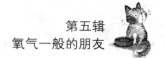
有次记者采访，我无意中聊起自己的文学梦。记者朋友说："工作是安身立命的根本，但人还得有追求，满足了业余爱好，这人生才是圆满和丰盈的。"在她的鼓励下，我开始写文章。发稿的满足感使我快乐，让我觉得活得有价值。现在，我和这位记者成了很好的朋友。是她的鼓励，让我开始了写作，让我更加热爱生活，更懂得如何在烦躁的世事中不从众，不躲避，只在心中修篱种菊，铺一条属于自己的花香满径。

朋友是有影响力的，"氧气"朋友总会潜移默化地影响你的生活，让你活得更有质量。很多时候，你在影响别人时，受益最大的其实是自己。

人生在世，每个人都会有朋友。我们时不时可以修正自省，问问自己是否也是别人的"氧气"朋友，是否能给周围的朋友带来正能量？

一封信的忧伤

石兵

如今，手写信件已经是一件稀罕物了，我已经有 10 年没有收到一封纸信了，更加便捷的电话和互联网让所有消息可以轻而易举地传递，所以，当邮递员敲开我的门，递上一封古旧的信笺时，我很有些不现实的感觉。

送走邮递员，我翻看信封上的文字，看到一个几乎被我遗忘的名字——信某某。他是我 20 年前在异地求学时的好友。当时，我们是好哥们，一起写诗、踢球、喝酒、追女孩，那时的我们似乎有着用不完的精力，每天的生活都充满着奇思妙想。事实上，那只是短短的四年校园生活，与之后匆促而过的岁月相比，它并不漫长。

毕业之后，在岁月洪流的冲刷之下，我已经很少回忆当时的生活了，但是此刻，一封信却叩开了我的记忆之门，日夜在浮躁中奔波的我竟然被它勾起了久违的忧伤。撕开信封，里面的信件被折成了 20 年前流行的款式，四四方方，棱角分明。小心展开信纸，上面是熟悉又陌生的字体，熟悉是因为它一直存在于我的内心深处，陌生则是因为多年未见而显突兀，用纯蓝色墨水书写的字迹有天空的味道，空旷中有着一丝莫名的忧伤。信中写道：一别经年，各自匆忙，早已没有联系方式，某天晚上翻看毕业纪念册，突然有一种强烈的愿望，希望能得到老友的消息，便按纪念册上的地址试着写一封信，若收到，信中附有电话号码，常联系。我取出手机，按下信中写着的电话号码，

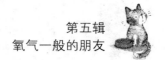

在按呼叫键时，却犹豫起来。时光隔阻了我们多年，我们各自有着不同的境遇，乍一通话，我担心会有无话可说的尴尬，或是会陷入客套寒暄的俗套，就像是近乡情更怯，在心灵的渴求面前，是否能找到一种合适的方式让相遇的美好不致被现实的坚硬扭曲呢？我竟有些患得患失起来。事实上，我也经历过类似的情景，与某位老友多年未见，偶尔去他所在城市出差，联系之后一同吃饭，令我始料未及的是，最初的喜悦竟在饭桌上被一点点消磨殆尽，最后两人面对面竟变得无话可说。究其原因，无非是各自踏上了不同的生活旅途，那一段共同走过的时光虽然曾让心灵彼此接近，但无情的岁月还是在不知不觉中改变了彼此，将心的距离再次拉远了，我们对彼此的认知都停留在多年之前，面对面的交流便不可避免地产生了偏差与碰撞，让彼此都大失所望。我犹豫许久，还是放下了手机，我决定按照信上的地址给他回一封信。我觉得，还是这种近乎落伍的老方式更能唤回我们的记忆，因为，文字可以让我平静地诉说心中所想，从某种意义上来说，纸信其实是我们共同走过的那段岁月最好的注解，也只有这种方式不致破坏心中的美好，可以让岁月停留，让友情历久弥香，虽然，这封寄自回忆的信件中如今已多了一缕美好的忧伤。

一盒点心

沈岳明

　　读中学的时候，我们宿舍里一共住着6个男生，我们5个人处得不错，有一个叫曹龙飞的却从不与我们一起玩。他不但性格孤僻从不跟我们说话，还总是独来独往，就是晚上我们邀请他一起去外面吃夜宵，他也不肯去。我们都觉得他不合群，太孤傲，以后，我们再外出时，也就不叫他了。久而久之，我们甚至感觉不到他的存在了，好像我们宿舍里原本就只有5个人，而从来就没有他这个人似的。

　　我们5人中最大的那个叫李清华，他不但年龄比我们大好几个月，而且个子也高大不少，平时还特别喜欢开玩笑，经常将我们的东西藏起来，让我们急得要死了才还给我们。尽管如此，大家还都喜欢跟他玩，因为他家里最有钱，每次回家都会带一些好吃的东西回宿舍给我们吃。

　　有一次，李清华又带回了几包东西，有一大袋水果，还有他爸从香港出差带回来的高级点心，我们4人，一人一包。正好曹龙飞不在，我们先将水果吃了，然后一人抱着一包点心听李清华讲他爸的故事。贪吃的钟晓军三下五除二便将那包点心吃了个精光，吃完了，还连连说不如他爸从澳门带回来的好吃。

　　李清华有点生气地抢过那个空盒说，给你吃了，你还说不好吃，早知道这样，我便送给曹龙飞吃了！突然李清华玩兴大发地将我们吃过的果皮和果

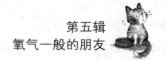

核用那个空点心盒装了起来，然后朝我们眨了眨眼睛，大家会意，他肯定是想将这包东西送给曹龙飞，他的这个恶作剧般的玩笑突然将我们的好奇心调动了起来。

正好，曹龙飞回来了。李清华不慌不忙地指着桌上的那包"点心"说："曹龙飞，这包点心是送给你的，你拿去吃吧。"大家忍住笑，都想看一看曹龙飞拆开那包"点心"时的滑稽相，所以都停止了说话，并一齐将目光投向了曹龙飞。

曹龙飞在愣怔了几秒钟后，似乎不太相信似的问："是给我的吗？"李清华一本正经地点了点头："是的，是给你的，这是我爸爸特意从香港带回来的点心，大家都有的，我给你也带了一包。"

曹龙飞的嘴唇微微地抖了几下，很感动地说："谢谢，谢谢你们大家还记得我，等我爸爸卖了麦子后给我寄钱了，我再请大家的客。"说完便伸手去拿桌上的点心。

一场好戏马上就要开始了，可是我却再也不忍看下去了。就在曹龙飞的手即将摸到那包"点心"的时候，我突然将自己手里的那包点心往他的手里塞了过去。我说："曹龙飞，我这包也送给你吃吧。"曹龙飞赶紧伸手想将我送过去的点心挡回来："不，我不能要这么多，这是李清华送给你的，那包才是送给我的。"我说："我不喜欢吃点心，还是都送给你吧。"在推来推去中，我将那包"点心"调了包。也许是急切地想看一场好戏，他们竟然谁也没有看出我调了包，最后，我得到了那包装有果皮果核的"点心"，曹龙飞得到了我的那包点心。

李清华想看热闹，便说："曹龙飞，你拆开看看吧。"可是，曹龙飞却没有立即拆开那包点心，而是朝我们嘿嘿地笑了两声说："我想放暑假时带回家去给我的弟弟和妹妹吃。"接着，他又说："那时，我们家的麦子就可

以卖了，我一定请你们去餐馆里吃饺子！"

后来，我们便去吃夜宵了，留下曹龙飞一个人在宿舍里，那包果皮果核让我趁没人注意时给丢进了垃圾筒。第二天，我发现他们四人在再次看到曹龙飞的时候，还带着一种幸灾乐祸的笑意，可是曹龙飞却完全变了，他变得开朗了起来，不但爱笑爱说话，还爱学习起来。弄得他们四人莫名其妙地骂曹龙飞是神经病，给你吃了果皮果核还高兴得跟个洋娃娃似的。

少年贪玩，也易忘事，一转眼我们便到了高考的紧张时期，谁也没再提起过那件事情。我们都考上了大学，各奔东西了就更没人提起过这件事了。

突然有一天，从美国读博归来的曹龙飞找到我，说有个同学聚会让我一定要参加，其中便有我们当年的 6 个人。席间，曹龙飞谈起了那盒点心。说如果不是因为李清华的那盒点心，也不可能有今天的他。他说那时的他是那么贫穷、自卑，让他感到这个世界上没人瞧得起他，甚至连一个宿舍里的人，都不理他，想到偏激处，他甚至连生活下去的勇气都没有了，是李清华给的那盒点心让他知道，还是有人在乎他关心他的。他曾经答应过大家，等他的爸爸卖了麦子有了钱便请大家的客，可是那年的麦子歉收，没有卖到钱，后来大家便各奔东西了，所以错过了请客的机会，今天他一定要将这个欠了多年的人情补上……

几个人听得面面相觑，因为已经没人记得当年的事情了。只有我还记得，当年是我偷换了那盒点心，但是我没说。我想，就让曹龙飞的这份美好的感恩之心永远地保持下去吧。突然，我想，如果当时曹龙飞打开的盒子里装的是果皮和果核时，又是一种怎样的情景和后果呢？我不敢往下想了。

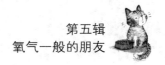

一路阳光

周海亮

　　那排双人座上坐了一位老人和一位年轻人。老人的脸上皱纹拥挤，年轻人的脸上长满粉刺。他们是一起上车的，年轻人小心地搀扶着老人，微笑着，让她坐了靠窗的座位。车子马上就要启动，老人打开窗子，把头伸到窗外张望。乘务员对年轻人说，让你妈把车窗关上吧，要开车了，那样危险。年轻人于是轻轻推推老人。老人不好意思地笑，关上了窗子。她靠着椅背，很快打起了盹儿。

　　车子驶出车站，在土路上颠簸。车厢里很快挤满了人，车子被挤得几乎变了形状。有人提着鼓囊囊的旅行袋，有人扛着脏兮兮的蛇皮口袋，有人抱着色彩鲜艳的纸箱，甚至有人在手里拿了钓鱼竿和新买的拖把。车厢里也许是世界上最复杂最拥挤的空间。何况，要过节了，似乎所有人都着急赶回家。

　　年轻人承受着拥挤，端坐不动。他的姿势有些别扭，细看，才知是因为老人。老人睡得安静和香甜，脑袋歪上年轻人的肩膀。车不停地晃，年轻人用一只胳膊支撑着座椅，努力保持上半身的静止。看得出来，他所做的努力，只为身旁的老人能够睡得更舒服一些。后来他干脆将一只胳膊护在老人面前，以防有乘客不小心撞上老人，或者他们手里的钓鱼竿和拖把突然碰上老人的身体。年轻人做得小心翼翼，他像保护一个孩子般保护着老人。

　　乘务员挤过来，年轻人掏出钱，买了两张车票。乘务员看了他的样子，

说，您可真是孝顺。年轻人笑一下，不说话。他费力地将找回的零钱揣进口袋，上半身仍然静止不动。老人灰白色的头发被风吹乱，黏上他淌着汗水的脸。于是他冲前面的乘客轻轻地说，劳驾关一下窗子。他指指身边的老人说，她睡着了，别受凉。

车子一直往前开，车厢里的人越来越少。有那么几次，年轻人似乎想推醒身边的老人，他把手一次次抬起，又一次次放下。终于，年轻人在一个小站推醒了老人。他对她说："我们到了，该下车了。"

他扶着似乎仍然停留在睡梦中的老人，慢慢下了车。车子继续前行，将他们扔在小站。

老人看着离去的公共汽车，忽然想起了什么。她说："我好像还没买票吧？"年轻人笑着说："车已经开走了，您现在不用买票了。"老人说："这怎么好？刚才，我一直在睡觉吧？"年轻人微笑着点头，他说："是，您一直在睡觉。"老人说："我记得上车时，你说你在东庄站下车，你坐过了两站吧？"年轻人说："是这样，不过没关系，我再坐回程的车回去就行，或者我还可以走回去，反正也不远。"老人说："你怎么会坐过站呢？你也在睡觉？"年轻人继续着他的微笑："他点点头说是的，刚才我也在睡觉。好在您没有坐过站。"

老人向年轻人道别，踅上一条小路。年轻人大声说："需要帮忙吗？"老人说："不用了，五分钟后我就能赶回家。年轻人问您是要回老家过节吗？"老人说："是啊。闺女在城里，儿子还在乡下老家呢。"老人站在阳光下，一边说一边笑。她没有办法不笑。五分钟后，她就能够见到日夜思念的儿子。

年轻人一个人站在站牌下，等待回程的公共汽车。阳光照着他生机勃勃的脸，透进他的内心。他感到温暖并且幸福。

第六辑
道不尽友情味

　　珍惜一切，努力多写，多听！听到了吗？刺桐花谢了，刺桐花开了，花开花落的声音，年年是那样温和、蓬勃、宁静。

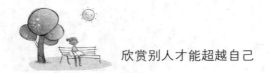

意外的收获

王凤英

那天，在网上埋头查了整整一下午资料，直到快下班的时候，才发现外面飘起了毛毛细雨。

可能是雨天的缘故吧，路上的行人比平时少了许多，大脑昏昏沉沉的，那些资料依然在脑子里挥之不去。

突然，我的车子像是被什么东从西后面猛烈地撞击了一下，随着我的一声惨叫，我被重重地撞出了几米之外。"你怎么回事？"我回头大喊着，却发现原来是一个女人骑着摩托车撞到了我，她车上的一个孩子也被重重地摔在了地上，女人急忙向我道歉："对不起！我脑子有点走神，是我骑车不小心撞到了你。"此时，她的孩子因为惊吓而号啕大哭，再看那孩子，一脸的泥土好像还有血迹，可是那女人似乎顾不上管孩子，仍然对我说："我扶你起来吧。""别管我了，先去看孩子吧。"面对此情此景，坐在泥泞中的我口气缓和了许多。女人听了我的话，才缓过神来，急忙去看自己的孩子。孩子可能是擦破了点皮，没什么大碍。这时，我早已被身边围拢过来的人扶了起来，女人再次怯怯地对我说："真的对不起，要不要先去看医生？"我被女人真诚的话语感动了，急忙对她说："没事的，你走吧，只是以后骑车当心点就可以了。"其实说别人更是说自己，以后骑车万不能走神。这时，女人似乎也很感动，她从包里拿出自己的名片，递给我，说："你真是个好人，但

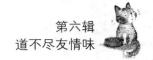

我还是不放心，如果身体有什么不适的话，就给我打电话吧！"接过女人的名片，我会心地笑了笑，只好掏出自己的名片作为交换。

一天，突然有人敲我家的门，打开一看，这不是撞我车的那个女人吗？我赶紧一边把女人让进了屋里，一边对女人说："你怎么来了？"女人说："那天看你摔得不轻，我一直不放心，所以就按着你的名片找到了这里。"这时，我发现女人手里还拎着一袋水果，我说："怎么还带水果来？"女人说："也没给你带什么东西，我是外地的，在你们这里做水果生意，那天，就是因为脑子里想着水果的事情，所以才撞车的。"看女人好像还有什么心事似的，我问："是不是还有什么事情啊？"女人说："我在这里也没什么亲戚朋友，看你人这么好，我是想和你交个朋友，不知道你答不答应？"我哪里有不答应之理，赶紧说："来，我们拉钩吧，让我们做一生的好朋友。"当我和女人的手指拉在一起时，我们的眼里居然噙满了泪花。

真是没想到，一场意外，我不过做了点小小的让步，却让我收获了一份真诚的友谊。其实生活就是这样，难免会发生意外，难免会有磕磕碰碰，如果得理不饶人，往往就会引发一场争斗，结果就会是"双输"。如果反其道而行之，付之以理解和包容，对方定会心存感激，化干戈为玉帛走向"双赢"，说不定还会让你有意想不到的收获。

友情的考验

袁淑伟

李子叶比我大几天，她家和我家只隔一段矮墙，我俩自小就在一起玩、一起上学，自然而然成了最好的朋友，但最近我们疏远了，因为一只小狗。

那是一个周末的午后，阳光暖暖的，我俩在郊外玩耍，就在我们追着满天的蒲公英跑来跑去时，一只小狗跑到我们面前。黄色的毛，虎头虎脑的，小眼神里一副可怜样儿。我和李子叶轻轻唤它，它就追着我们来了。我们抛下心爱的蒲公英，让它们自由飞舞，把心思全转到小狗身上来，李子叶还从兜里掏出自己没舍得吃的火腿肠给了它，我们还给它起了名字——丢丢。

直到傍晚，满天的蒲公英都飘散了，丢丢的主人也没有出现，怎么办呢？这时的丢丢已经和我们很熟悉，半天的时光，我们俨然成了好朋友，我们走到哪里，它就到哪里。

"要不，我们把它带回家？"我和李子叶的分歧是这个时候产生的，我说："丢丢是我先发现的，应该带到我家。"李子叶说，要不是她给丢丢火腿肠吃，丢丢早就跑了，应该带回她家。我俩争执了一会儿，最终决定，我们就这样往家里走，丢丢跟着谁，谁就带她回家。

丢丢可能是喜欢火腿肠的味道，它跟着李子叶回家了，我突然很失落。丢丢是个无心的东西，要不是我发现它，说不定现在怎样了，李子叶天天说跟我最好，却连一只小狗都不舍得给我。我掉眼泪了，但没让人看到。

李子叶隔着墙喊我："来我家跟丢丢玩啊。"我装作没听见，高声背英语课文，我听到妈妈在外面跟她小声说话："嘘，别吵了，妞妞在学习，你自己玩。"我还听到丢丢的叫声，听到李子叶妈妈在批评她："就知道玩，疯丫头。"

自此，我放学不再和李子叶玩耍，我直奔家里，打开课本，朗朗的读书声，不仅让妈妈绽放着笑脸，还引来李子叶妈妈的羡慕，而李子叶那边时常有丢丢的叫声，也经常有她妈妈骂她的声音。

一天，李子叶说："妞妞，我们一起跟丢丢玩吧！"我说："我妈不让，我要读书，我妈说狗身上有细菌，不让我玩。"说完我就低头走了，我猜想那时李子叶一定失落极了，就像，当初，丢丢跟她回家时我的落寞。

一次小测，我考了第一，满分，李子叶才考80分，不仅挨了老师批评，还被叫了家长。放学后，我就听到李子叶的哭声，还有她妈妈摔锅盆的声音。我听见她妈妈说要把丢丢赶出去。我就一直在她家门口等，等到天黑，丢丢也没有被赶出来。想起原来，我和李子叶每天都玩到天黑才进家，而现在，院外是自己孤单的身影，院内是李子叶委屈的哭声，我不禁有了些惆怅。

一个周末，我到镇上去，在路边的电线杆上看到了一则寻狗启示，那照片立刻吸引了我的眼神，是丢丢。丢丢是松狮犬，才一岁，主人正心急如焚。我不假思索地奔到公用电话，通知了它的主人。

我赶紧奔回家，但我还是没有丢丢的主人先到李子叶家。我到家的时候，一辆豪车停在李子叶家门口，李子叶正抱着丢丢在门口落泪，丢丢的主人在跟李子叶的妈妈不停地说谢谢，丢丢不知所措地望望李子叶又望望主人，毛茸茸的尾巴摇得欢快。

"丢丢要走了吗？"好久以来，我第一次先开口跟李子叶说话，李子叶看见我，嘴一咧，哭了。妞妞，丢丢要走了，丢丢要走了，它的主人找来了……

　　李子叶和丢丢是被她妈妈强制分开的，丢丢欢快地跳上了它的卧车，绝尘而去。李子叶的妈妈也欢快地进了院子，她说："这样正好，子叶就可以好好学习了。"

　　门口只剩李子叶和我。

　　妞妞，对不起，当初我不该自私地把丢丢带回家，好东西要跟好朋友分享。李子叶低着头说。

　　我突然感觉很难过，眼泪"刷"就下来了。"子叶，是我该说对不起，其实，丢丢的主人，其实……"

　　"妞妞，我觉得我们得感谢丢丢，是它考验了我们的友情，经历这一回，我才发觉，我不能没有你这个好朋友。"

　　我的心倏地就疼了，不理李子叶这段时间，我哪天不曾和她暗暗对话呢，我也是不能没有她的。我抱住李子叶，呜呜地哭了。李子叶，反正我认定了，你是我的好朋友。

仰望星空

凉月满天

王子走在路上。

他姓王，名子，有一个想要当王的老子。

他走在路上，见一群小孩在殴打一个小孩。那个小孩动也不动，那几个群殴他的小孩却哇哇哭着跑走了。

他觉得奇怪。眉清目秀，年纪和自己差不多大，刚读初中的模样。正打量，对方走过来，友好地伸出手，说："你好，我不是人。"

他也伸出手，说："你好……呃，我是人。"

然后他就一巴掌打在男孩头上："你唬谁！"然后捂着手蹲在地上，眼泪汪汪。男孩说我都说了我不是人了。王子想："你挨打就是因为这个吧？"不过他没来得及表达，那个男孩一把抓住他，嗖一下拎上高空。当时吓得尿裤子，后来他就爱上这项运动，无聊的时候，请男孩把他当风筝。

他们那次直接飞回王子的家，坐在阳台上，王子问："你来地球干什么？"

"玩啊。"

"你爸妈知不知道？"

"我偷跑出来的。"

"都跑出星球了，你行。"

然后他就请当老师的妈妈跟学校说情，让这个男孩和他一起上学，借读的，

153

不用花钱。结果这个男孩上课第一天把乒乓球台子搬起来，放在王子上体育课的地盘上；然后又用代码跟电脑吵架，把它气得当即短路。那群欺负他的学生又想围殴，被他像扔土豆一样，东一个西一个扔老远，有一个趴地上直嚷"肋骨断了"，男孩说："你撒谎，我看得清清楚楚，你的肋骨好好的。"那群人又像鬼撵着一样哇哇跑掉了。

时间久了，大家都知道这里有一个逃家的小外星人。同学们经常会看见一架钢琴晃晃悠悠从东头的 101 教室到西头的 110 教室，后边跟着音乐老师，一边悠哉地把手插裤袋里走，一边说："慢一点，外星人同学。"

王子的破自行车也被外星人骑到了半空，链子嘎吱吱响，卖菜老汉捂住菜冲上边嚷："喂，你小子吓尿了裤子不许淋我菜上。"王子坐在自行车后座上哈哈大笑。回到家，小外星人被王子的妈妈揪住耳朵一顿训："显摆你能是不是？万一掉下来，瞅你把零件都摔散了怎么回家！"外星人嘟囔着说："我不是零件做的……"

三年过去了，初中毕业，不知愁的少年人也开始唱起骊歌。

晚上，王子和小外星人坐在高高的水塔上，凉凉的夜风吹起王子一身的鸡皮疙瘩。天上的星亮晶晶，哪颗星是你的家呢，小外星人？

然后就听见小外星人说："我要回家了。"

"回家？别回了吧，都三年了，你爸爸妈妈早给你生弟弟妹妹了，不差你一个。"

"你们这里一年，是我们那里一分钟。"

"可怜，"王子同情地说，"那你们只能活七八十分钟哦？"

"不是。我们也活七八十年，不过是我们星球的七八十年。"

"那你们都是老不死的神仙了？"

"呃……"

王子忽然想起一件事："超人是不是你们派来的？"

没想到小外星人一本正经地说："拯救地球是他的课后作业。"

然后两个人沉默了。一会儿小外星人说："王妈妈做的菜很好吃，地球上有的人有点小坏，可是总的来说很好。你也好，很好的那种好。所以我希望我以后的课后作业也是拯救地球。"

王子说："可是，等你来拯救地球的时候，我都死了。"

他拼命眨眼睛，仰头看星空。然后感觉小外星人抱住他，在漫漫星空下飞翔。小外星人在他的耳边说："我会想念你的，很想的那种想。"他目送着小外星人越飞越远，像一个小黑点，一会儿又像炮弹一样蹿回来，说："我说的很想，是用我的一辈子，怀念我们的三分钟。"

从此，地球的一个角落里，多了一个爱看星星的人，因为他不知道小外星人会从哪个星星来，所以就一直，一直仰望。

白妞与黑妞

凉月满天

白妞是妹妹，黑妞是姐姐。黑妞只比白妞大三个月，十三岁以前还互不相识，1983年上中学时成了同桌。

那时候天很蓝，地况却很不好。红胶泥的土路，雨天成了黏黏的一团，人走人陷，车走车陷。中学离家八里路，学生们像蜂蛹，一个挨一个朝前蠕动，人人手里拎一根棍子，用来捅自行车的前后瓦里的红胶泥，推一段，捅一捅，再推一段，再捅一捅。白妞家里穷，连捅自行车的机会都没有。冬天天短，黑妞怕她出危险，就和她一起步行。白妞书包里还放着中午饭——两块煮红薯，掏出来，一人一块，甜得不行，就是凉，冰凉。

两个人性情相反。白妞性急嘴尖，黑妞性情散漫。考试的时候，白妞埋头刷刷地写，黑妞就偷偷地捅她："哎，这道题怎么做？"白妞就烦："等会儿！"黑妞就等，很安闲地坐在那里，转圆规玩，无所用心。

有一次，白妞也拿着黑妞钟爱的圆规转来转去，当投枪往桌面上投——嗖的一声，威风凛凛——没投准，圆规那只细脚伶仃的尖针狠狠地扎进黑妞摊在桌上的手掌。黑妞一愣，瞅着还在颤动的圆规莫名其妙。白妞吓得够呛，赶紧倒打一耙，"哎呀，你干吗不躲开？"黑妞也觉得自己不对，很惭愧的样子，一声不吭把那个东西从肉里拔出来。手掌上一个圆圆的洞，慢慢往外渗红红的血珠，好像美人额上点的一粒朱砂痣。十几年后两人见面，白妞说：

"你知道吗？当年那个圆规，我太恶劣了，真是对不起……"黑姐莫名其妙："什么时候的事啊？"

那个时候最快乐的事情，就是白姐和黑姐一块给白姐家当猪倌，抢猪食。

白姐家里的老母猪产了崽，星期日白姐和黑姐就人手一根柳木棍，"嗒嗒哧哧"地赶一群黑、白、花的小猪崽去村外吃草，喝水，打滚。黑姐采一满把青白的小菊花，一瓣一瓣揪着玩，白姐蹑手蹑脚走到她身后，往她脑袋上洒了一把苍耳子，捂着嘴"哧哧"笑。黑姐顶着一头苍耳，也好脾气地跟着笑。回到家，家里的料笸箩里有给母猪单另煮的盐水大麦仁。这个东西好吃！长长的芒，扁扁的穗，麦粒是黏的，煮熟，加盐，筋道，美味。两个人你一把我一把抓着吃。

白姐知道爱美了，花两毛钱买一盒润肤霜，抹得脸上厚厚一层，头发梳得溜光，再花一毛钱买一面小圆镜，上课的时候偷偷拿出来臭美。太忘情了，数学老师扑过来都没看见，小圆镜没收了。

怎么办？白姐拉着黑姐在操场上转圈："我就说，这面圆镜是你借给我的，好不好？"黑姐傻乎乎地答应了，老师没还镜，还把两个人一块训了一顿。灰溜溜地出来，白姐居然把自己的谎言当了真："要不，我买一面镜还你吧？"

黑姐好像也当了真："好啊。"

两个人就这么傻傻地心意相通。

后来，当那个十八岁的小老师一出现在英语课堂上，白姐就直了眼，那一刹那的感觉就是惊艳。他好白！眼睛好亮！真好看！白姐不错眼珠地盯着看。老师每次转堂，她都准备了好多问题，老师停步身边，青春气息直逼上脸面。她忘了自己问的是什么，老师也忘了回答，两个人的眼睛都亮如星辰。周围一片乱哄哄。

白姐渐渐成了学校的一大看点。老师，学生，一边看一边指指点点，还

有人喊喊喳喳："她呀，不正经……"那一刻白妞想：这个地方，待不得了。脚发软，头蒙蒙的，呆头呆脑地走到课桌旁边，拿一支笔，却不知道想干什么。没等她来得及想给哪个留话，已经写下黑妞的名字："我走了，不要找我，我会想你的。"

学校面南背北的大门，两箭之地就是柏油路，也就是后来的京广线。她顺着公路往东走，一路上玉米长成一大片的青纱帐。地上有草，有花，天上有云，这个时候，黑妞他们，已经上课了吧？

她并不知道教室里已经乱作一团。黑妞一看纸条就尖叫一声往外奔，头发跑散了，皮筋跑掉了，脚上鞋跑掉一只，嗓子哭得劈了音。等老师派出学生分头寻找的时候，黑妞早已经一个人跑出五公里，超过白妞了。

当白妞被随后赶来的学生找回去，黑妞也光着脚丫子一瘸一拐回了教室，一见白妞，眼泪哗哗就下来了，大拳头咚咚地捶过来，好疼。

三年过去。将军不下马，各自奔前程。黑妞结婚的时候，白妞给黑妞送去两床广州出的被罩，一床暖黄，一床洋红，绣着大大的牡丹，放在黑妞和她的夫君在乡下的简陋新房里，华丽得有点不登对。黑妞看见她，脸像黑玫瑰，笑容绽开一瓣，一瓣，又一瓣。

一天，白妞的先生下班回家，说："我听到个不好的信儿。东邻村淹死一个年轻人，媳妇是西邻村的，有个两三岁的孩子……"白妞急了：黑妞就是西邻村的，嫁个丈夫在东邻村，孩子两三岁了。消息打听准了，白妞一屁股坐在地上。

白妞去看黑妞，黑妞瘦了好多，脸色黑黄，忙着张罗饭菜。饭毕拿出一张照片，"你看，我和他唯一的一张合影。他当初和我相亲的时候，一下子就喜欢上我了，生怕我不答应。他不知道，我也喜欢他……"

孤儿寡妇的日子不好过。爆竹再一次响起，红屑纷飞里，黑妞又做了一

回新娘子。白妞没有出席。她积劳致疾，正蜷缩家里，心灰意冷——心性要强从来不是好事。三朝回门，黑妞打过电话来，听到白妞喑哑的声音，就说："你的家在哪里？啊？快告诉我，我现在就坐车去看你。你真让人不放心，为什么总要让我着急啊！"白妞一下子坐起来："好啊好啊，你来吧！"

当两个人再次坐到一起，两双手紧紧攥住，不忍释放，才发现真是光阴易过，岁月频添，兜兜转转间，都已经三十多岁。

"你有钱没钱？"白妞把黑妞问得一愣。

"干什么？"

"我要治病，要好多好多钱。"

黑妞不说话。白妞眼睛一眨不眨盯着她的脸，心里山呼海啸，又像大鼓猛擂：咚，咚，咚。

一本书上说，要想验证友情，最好的办法莫过于向其借钱。一时无聊，且顽劣成性，白妞干脆把身边人全都试了一遍，结果让人伤心。一个朋友问自己为什么不去贷款，还有一个男人，原来动辄打电话来纠缠，海誓山盟起来不眨眼，如今只发过来一条短信："对不起，我恐怕帮不上忙。唉，人活着真难！"——却原来姹紫嫣红开遍，似这般都付与断井颓垣。

黑妞不说话，左手捏右手，把指关节捏得发了白。白妞额角暴起青筋，脸上一丝一丝渗冷汗。

黑妞终于开口，她说："我没钱。"

看！谁把谁真的当真，谁是唯一谁的人？

"不过，"黑妞接着说，"我刚嫁的这个人，家里养着两头牛……"

那一刻如溪花顺流漂下，游鱼豁剌剌跳上龙门，表面泥皮层层剥落，露出真珠光华耀眼，却原来世上真有爱如净莲，一刹那新地新天。

佛桌上开出的花朵

凉月满天

　　我深更半夜被拎起来匆匆赶到保安办公室的时候，这个学生已经在这儿久候了。陪他久候的，是班上的另外几个学生，两个是他的室友。

　　他的鼻血还没擦干净，两名室友，室友甲的左眼睛乌青了一大块，室友乙的右耳朵破了——给咬的。原因却是叫人笑不出来的可笑。

　　他上初中的时候，家贫无衣，羡慕别的孩子有李宁牌运动服，就把人家刚洗过的一件偷过来穿在身上，却被逮个正着。劣迹流传久远，一直跟到他上了高中。室友们把他的皮鞋割破，刚打的饭菜里吐上唾沫，衣服刚洗好就给扔进厕所，扫出来的垃圾堆到他的床上……他终于忍无可忍抢起了拳头。

　　"为什么不早说？"我问他。他倔强地梗着脖子："我不怕他们！"

　　旁边影子一样站在那里的第四个学生开口了："老师，让他跟我一起住吧。我们宿舍有空床，我和我的舍友也不会嫌弃他。"

　　他惊讶地扭头看，碰上的是一双平静、坦率的眼睛，澹然无波。

　　"行吗？"我问他。

　　他迟疑一刻："好……吧。"

　　此后，我就一直看着他，暗中关注。

　　看着他怎么和那几个新室友在操场上打打闹闹，看着他怎么和他们一起吃饭、一起上课、一起做作业，看着他的成绩像吃了魔药，噌噌朝上涨，半

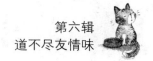

年的工夫，从后十名爬到前十名，一年的工夫，又从前十名爬到第一，到高三毕业，他已经凭着全年级第一的实力，打起铺盖，向复旦大学进军了。我本来是老早就准备好了一腔热血肉麻的话，要开导他直面人生的，却一点没用上，单凭这一点点友爱、温暖和信任，他就直冲云霄了。

他从大学写信来说：

"老师，其实刚开始我一直想退学，觉得学校不适合我，每一分每一秒都是煎熬。你又不了解情况，同学们又因为'那件事情'敌对我，我也想学习，可是老是心里长草，毛呼呼的。幸亏打那一架，才惊动了您，帮我调换了宿舍，有了新朋友，也有了新结果。要不然，真不敢想象我会落个怎样的下场……"

一个沙弥思凡下山，后来一夕之间看破繁华，回寺忏悔。师父说："要想佛祖饶恕，除非——"他信手一指供桌，"连桌子也会开花。"浪子掩面而走。第二天早上，方丈踏进佛堂，佛桌上开满了大簇大簇的花朵，红白相杂。方丈急忙下山寻找浪子。可是等找到的时候，他正眼都不看师父一眼。佛桌上开出的那些花朵，也只开放了短短一天。

很多时候，误入歧途并不意味着不能回头，让浪子不能回头的，是一颗颗冰冷的、不肯信任的心。只要宽容如泉，滋润干渴的人间，哪里有劳佛桌开花？

开满莲花的朝圣路

凉月满天

我们班的小安离家出走了。

原来小安以前还有个同桌，叫阿杰，两个人是好朋友。这所重点高中的重点班里气氛紧张，阿杰突然就崩溃了，拿起小刀狠狠戳向自己的大腿。小安把他送进医院，他却趁夜深人静，从医院悄悄出走。几乎没有人关心他去了哪里，毕竟他的父亲远在国外，已另娶妻生子，母亲远嫁南疆，也有了儿女。

小安却一直不肯死心，上个星期，他收到一张来自拉萨的明信片，脏脏的，旧旧的，经过了无数转折，看邮戳，都已经是三个月以前的了。

这，大概就是他消失的因由吧。

小安的父母急得发疯，到处查问小安的行踪，我也急得发疯，托拉萨的朋友帮忙寻找，可是拉萨那么大……

终于，小安拉着一个黑瘦的男孩站在我面前，他摁着那个男孩的脑袋，说快，叫老师，这是咱们的新班主任。

"你叫阿杰？"我板着脸。

"嗯。"他的眼神清亮，神情淡然。

这个曾经因为学习压力过大而发疯自残的男孩，现在看来精神状态完全没有问题。小安说他下火车就后悔，在这里找个人，跟在蚁海里找只蚂蚁类似。他就这样倒车又倒车，问路又问路，到最后一脚踩到一个乞丐身上，这个乞

丐叫了一声"小安"，他才认出来这个是阿杰。

阿杰每天就在这个蓝天高远之地，静静蹲守，看手持转经筒的藏民来来去去，人人心中都有一个目标，都有一个奔头，都活得艰难而富有生机。而他，也渐渐觉得重新有了生活的动力，所以才会寄了那张神秘的明信片。

而小安之所以去找他，是在他意识到自己连简单至极的正弦定理都想不起来的时候。所以，既是为寻找阿杰，也是为拯救自己。"我再找不到生活的美好之处，我就疯了，名牌大学也救不了我。"小安说。

现在，两个孩子心中的阴霾荡涤得一干二净，而高考也已经迫在眉睫。但阿杰早因无故旷课被除名。

"没关系的，老师，"小安说，"我哪怕考不上一所理想的大学，也不会崩溃，因为我的心里有一个所在，太阳金晃晃，云彩像洁白的棉絮。"阿杰说："我可以重新学习，也可以找工作，无论做什么都不会再焦虑。因为我的心里也有这样一个所在。"

我笑了。两个孩子采取了既荒唐又愚蠢的方式，却怀着既圣洁又单纯的目的，所幸的是经过了迷失和找寻，又一步步重新走回来，既救了别人，也救了自己——沿着的是一条朝圣的路，路的两旁开满了金莲花。

朋友是一曲音乐

凉月满天

　　家里空间小，孩子哭大人叫，电视上"嘿嘿哈哈"地上演白痴版连续剧。这个时候我就听音乐，让轻柔舒缓的音乐盖过烦嚣。

　　听着听着就走神，拿起手机来看。上面存着几天前的短信，朋友发来的，无非两句淡话："起床了，看见阳光了，热。"心里漾起久已不见的温暖。

　　从小到大，数得上来的朋友只有有限两个。

　　初中一个，梳羊角辫，手拉手，公不离婆，槌不离锣。我撒谎，她帮我圆谎；她抄袭，我帮她抄袭。有一次和家里闹别扭，留张字条就出走了，字条是留给她的，结果别人都在议论纷纷猜测为什么的时候，她什么也顾不上，披头散发就冲出学校，眼泪流得"哗哗"的。当时想着要好一生一世的，谁知道逐渐就轻了，淡了，十几年后再见到，已经是两条路上的人了，除了共同的黑白片一样的经历，再也找不到可以维系友情的线索，而那条线索也像蛛丝，风轻轻一吹，就断了。

　　当了十几年的老师，突然"喀嚓"一声，声音没有了，那种滋味是能说会道的正常人尝不来的，一下子就给打懵了，哭都没声音，只好心里骂："真他妈的！真他妈的！"

　　一个亲戚出国，承蒙他把一台旧电脑送了我，结果失重的我一头就栽进了网络。这是一片黑海，一个黑洞，不仅要吃掉我大把大把的光阴，还游着

164

一个一个鲨鱼一样的男人。这个时候上帝冉冉降临，手指一挥，"喏，赐你一个宝贝。"于是天上掉下个朋友来。

如果不是他及时出现，恐怕我早堕落到生命不息，泡网不止，网恋都搞了好几次了。神仙劝孙悟空，大圣，赶紧去救唐僧，你去迟些，恐怕小和尚都生出来一个了——自从认识，他也像孙悟空，整天忙着搭救我。鼓励我读书，写东西，不许我进聊天室，有时候我偷偷往聊天室跑，一被发现就拎出来痛骂："不会说话了，马上就要失业了，还有闲心聊天呢！"

到现在稿费足够养活我自己和我的家人，都是骂出来的。失业引起的焦虑大大减轻，轻到几乎没有，而我的声音也在不知不觉恢复，用不了多长时间，我想，大概就能上讲台了。而我，也一路陪他走过艰难的两年半，一直走到他博士毕业。

原想与子偕老的，我还真的写了一篇这样的文章，发表在杂志上，可是现在却联系越来越少，越来越少。以前一天发的短信塞爆信箱，得不停地删不停地删，现在一个礼拜的短信也不过短短三五条，越来越淡，越来越淡。也失落过，自问过为什么，后来看大家的前路都天宽地阔，就渐渐明白了，无论我对他还是他对我，无非一个朋友罢了。不要说我无情，真的，无非一个朋友罢了。

"我们在黑暗中摸索，绊倒在物体上，我们抓牢这些物体，相信它们便是我们所拥有的唯一的东西。光明来临时，我们放松了所占有的东西，发觉它们不过是与我们相关的万物之中的一部分而已。"泰戈尔的话多凉啊，原来他早就什么都知道，什么都懂得，什么都经历过。

有时想，朋友就是一曲音乐，在滚滚红尘谋稻粱的时候，可以对市侩、庸俗、计较起一种适当有效的屏蔽，让自己在生计之外的精神层面有一个较为自由顺畅的呼吸，如同菊花丘山之于陶五柳，鲈鱼莼菜之于张季鹰。但音乐不是

全部，朋友不能终老。一曲终了，该干什么还干什么。钟子期死了，俞伯牙干脆把琴都摔了，这样不好。风云际会固然可喜，无风无云的时候还得学会弹一曲瑶琴给自己听的。

可是天宽地阔，为什么一边听歌一边寂寞，纵然看得开放得下，终究是欲舍难舍。朋友啊，就算我再也不知道你们现在何方，做着什么，有何种忧乐，可是你们的一颦一笑，一言一语，仍如杨花乱舞，点点都在，我的心里。

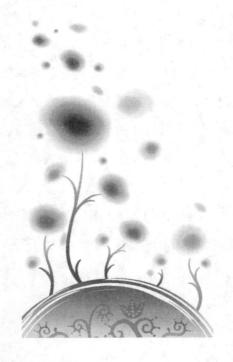

土瓦罐和青玉罐

凉月满天

急用钱。银行不放贷，需要去借款。走三家不如并一家，直接给一个朋友打电话。

和这个朋友认识三年，只见过一面。我跑到千里之外去找她，她把一切都放下，一气陪了我十天，看西湖，看拙政园，吃东坡肉，吃鱼，吃虾，吃蟹，坐船，下着雨听昆曲，看周庄河桥两边蜿蜒的红灯笼，还有一个浅醉微醺的老男人，萍水相逢，在丝丝细雨里唱歌给我们听。

这次我要借十几万，她二话不说就把钱打过来了。我说我给你写张借条吧，她说不用不用，那多不好意思的！接着又说了一句话："你的信誉就值一千万。"

遍身微汗。这话真令我……惭愧不安。

刚和一个朋友渐行渐远。世路如棋，黑白不知，当初他接近我，观察我，我知道他在接近我，观察我。他研究我，我也知道他在研究我。如今他得出了研究我的结果，我也知道他得出了研究我的结果。他得出的结果是什么，他清楚，我也明白：想着我是一个天使，结果我没有那么白；想着我是一只凤凰，我却是一只乌突突的麻雀；想着我穿红舞鞋跳舞，我却弯着腰在田里拾麦；想着我非醴泉不饮，非练实不食，我却吃的人间饭，喝的人间水，认同人间的一切规则——我不是飞天，没有在画里飞的清高和寂寞，这个认知

让他退却。

他走了。

我让他走。不做辩解。

从小到大，我一直是"被"字打头的那一个。被疼爱，被护持，被惦记，被关心，被支援，被信任，被帮助。有时候也会被辜负，被伤害，被遗忘，被轻蔑，被孤立，被厌恶。

日子久了，不等人厌我，通常我就会远离了。不等人负我，通常我就遁走了。不等人轻我蔑我，通常我有多远躲多远，直到你的视线里再也看不见我。至于被遗忘，被孤立，被厌恶，不要紧，我早当自己是秋野荒凉的柴火垛，寂寞里开花也是好。

而当面对疼爱、护持、惦记、关心、支援、信任、帮助的时候，又总是害怕多过欣喜。小时候，农村尘土连天的庙会上，会有马戏团荡秋千，高空里几根秋千吊索，几个人一荡一荡，你来我往，一个人凌空飞起，我看着他，手心出汗，心里说：掉下去了，要掉下去了，要摔死了……结果未及想完，这个人伸出去的手已被另一个人稳稳接住。可是，万一接不住呢？万一跳的人走了神，或者接的人分了心呢？万一两个人有仇呢？……

这个认知让我害怕，与其如此，何如抱臂敛手蹲在地面，强似飞在半悬空里无手可执，无臂可捉。耳边风声呼啸，下边，就是渺不可知的悬崖啊。

可是世路蜿蜒几十年，不论是曾经自己摔下来，还是被人推下来，哪一次没有人半路伸出胳膊，扶住我，接住我呢？如今我的家，我的房，我翼护的一切，我的所有所得，哪一桩哪一件又是我一力所得？

一个黑小孩乘船失足落水，拼命挣扎，船上人发现，返回救他。船长问他为什么能坚持这么久，他说我知道你会来救我，你一定，一定会来救我。船长白发苍苍，跪在这个黑小孩面前，说谢谢你，是你救了我，我为到底要

不要回来救你时的犹豫感到耻辱。

我也感到耻辱。我为自己对人类的善意的不信任感到耻辱。长久以来，心如瓦罐，颜色晦暗。朋友的信任像柔软的稻草，把斑斑土锈擦掉，渐渐的，让它显出美好的、青玉的颜色。时日长久，我都忘了，自己的心，原来，是一只青玉的罐啊。

从今以后，想欺瞒的时候，不敢欺瞒；想使诈的时候，不敢使诈；想阴暗的时候，不敢阴暗；想毁约的时候，信守约定；想自暴自弃的时候，不敢轻易举步，怕一举步就是深渊。因为不光天在看，还有人在看。我管它别人看不看，还有我的朋友在看。所以对待生命，不敢漫不经心——朋友的信任让我对自己格外尊敬。黑格尔说："人应当尊敬自己，并应自视能配得上最高尚的东西。"我尊敬了自己，只为能够配得上更高尚的东西。

所以，哪里是我的信誉值一千万，是朋友的信任值一千万。

昨夜，夜色已深，这个朋友打来电话却不说话，那边传来鼓掌声，笑声，歌声。是蔡琴的专场演唱会，她特地从千里之外让我听。静夜温软，一如花颜。一颗心又痛又痒，宛如嫩芽初生，叶头红紫，跳荡着日光。

鸭子胸前的玫瑰

凉月满天

一只鸭子最近老觉得有什么东西跟着自己，一扭头，看见一个人，长着一个骷髅头，穿一身黑黄格子的长袍——也许是睡衣？他整个人也长得黄乎乎的。背在背后的黑乎乎的手里拿一枝红玫瑰——其实也不是红啦，是黑红黑红的颜色，好像凝血。

鸭子问："你是谁？"他说："我是死神。"

鸭子吓一跳。

鸭子还以为他是来带它走的呢，但不是。他只是陪着它，据他说从鸭子一出生，他就一直陪着它了，好"以防万一"。至于这个"万一"是什么，那肯定不是咳嗽啦，感冒啦，碰上意外啦，或者说是遇上狐狸，因为那是生命之神的工作。至于这个"万一"是什么，死神仍旧没有说。

不过，这个死神好友好啊，还对鸭子笑呢。鸭子甚至忘了对死神的害怕，还邀请他到池塘里玩，死神想："真是怕什么来什么。"

在池塘里，鸭子一头扎进水里捞小鱼，把两只脚丫子和庞大的屁股都倒着竖立在天上，屁股上还有圆圆小小的屁股眼。死神可不，他说："请原谅。我必须离开这个湿乎乎的地方。"原来他讨厌水。死神也有害怕的东西呢。鸭子以为他冷，于是就把自己全身覆盖在死神身上，为他取暖。它一旦放松了劲道，就软软的像给死神盖上一件不太严实的毛皮大衣。死神想：还从来

没有谁对自己这么好过呢。

第二天早晨，鸭子一睁眼，发现自己没有死，高兴地呱呱大叫，和死神东说西说："有些鸭子说，我们死后会变成天使，可以坐在云端往下看。"死神被它吵醒，坐起来附和说："很有可能。你本来就有翅膀。""还有些鸭子说，深深的地下就是炼狱。如果活着的时候不做一只好鸭子，死后就会变成烤鸭。"死神说："你们鸭子真能编些离奇的故事。不过，谁知道呢？"死神一边和鸭子在一起走，一边双手仍旧背在背后，手里想必仍旧拿着那枝从来不离手的黑红玫瑰。

死神邀请鸭子爬树，鸭子的眼瞪得圆圆的：这它可不擅长啊！不过经过一番艰苦卓绝的努力，它还是和死神一起坐在高高的树冠上。遥望整天戏水的池塘，鸭子难过起来了："有一天我死了，池塘会很孤单的。"死神说："等你死了，池塘也会陪你一起消失——至少对你是这样。"鸭子说："那我就放心了。到……到时，我就用不着为这件事难过了。"它还是说不出"到死时"。

很奇怪，当我听到鸭子这样说的时候，我也放心了。原来等我死的时候，我所深爱与相伴的这一切，天空、大地、风、日、云彩、我的书、我写过的字，都仍旧在陪着我。我闭上眼的那一刻，我带走了属于我的整个世界，这样，我的天空、我的大地、我的风、我的日、我的云、我的书、我的字，就都不用孤单了。当然，我也不孤单了。

一天晚上，雪花轻柔地飘落，事情终于发生了。鸭子不再呼吸，把身子挺得长长的，长长的黄嘴巴竖直地冲着天空，两只小黄脚丫并在一起，眼睛闭起，像一弯上弦月。它死了。"死神抚平了鸭子被风吹乱的羽毛，将它托在双臂上，来到了一条大河边。"鸭子的脖子在他温柔的臂弯里柔软地垂落下来。死神把鸭子小心翼翼放进水中，然后轻轻一推，送它上路。鸭子在水里，就像在它自己的眠床上——水本来就是它的眠床，两翅并拢，长嘴向天，两

只铲子一样的小脚乖乖地并拢，眼睛美美地弯成上弦月，顺水流去。它的胸前，放着那枝玫瑰。

死神一直在陪伴，在等待，等待用玫瑰温柔地送行。

这本德国沃尔夫·埃布鲁赫画的绘本《当鸭子遇见死神》（新蕾出版社2013·9第1版），笔触不算漂亮，造型也不空灵，颜色土土黄黄，一点也不粉嫩，可是实在、踏实，好像人们常吃的面包。看了他的绘本，就觉得好像死神就应当是这个样子的。干吗非得拿着长长的弯柄镰刀穷凶极恶地收割生命呢？要不然就像美国电影《死神来了》那样，对生命穷追不舍？死亡就是一个温柔的骷髅头，消解了时光的丰稔肥艳，穿一身家常的睡袍，毫不起眼地随在我们左右，直到生命尽头。当我们死去，他会惆怅，然后放一枝玫瑰在我们的胸前，送我们安详上路，起程到另一端。

一个女友的母亲得了不好的病，她把母亲送到医院，然后看见炼狱般的景象。求医者无分老少，脸上满满地写着痛苦、恐惧、麻木和绝望。一个老和尚被几个小和尚伏侍着，也来问诊。女友说，和尚不是看透生死的吗？为什么也如此执著？可是生与死，哪能看得那么透脱，可怕的死亡在即，谁又能不那么执著？

大概没人会相信，一个四十多岁的中年女人，看惯了也习惯了世界和自己的铁石心肠，当看到鸭子胸前的玫瑰，大哭了一场。

战友

赵谦

1

今天，张峻巍和其他来自全国各地的战友相约到达泰城。他们是来参加一个战友的企业开业典礼的。因为好多年不见了，他们就约好提前两天到达。这样既可以帮战友打理一下开业事宜，又可以好好聚聚，一叙相思之情。当天上午来了三十多人，大家互相握手，互相拥抱，场面热烈感人，不少人流下了眼泪。

屈指算来，已经分别快三十年了。这次聚会，让大家非常感慨。感慨时光荏苒，从分手时候风华正茂的青年，转眼步入了 50 多岁的年纪。他们中有不少人事业有成，张峻巍就属于这一类。他在老家经营着一家大型的电子公司。其他一些人也在各行各业，有所建树。于是大家就嚷嚷着要他们这伙人请客。请客，没说的，来就是玩个痛快的。于是来到泰城一家大酒店。

席间，他们谈论最多的还是在部队时的那些人、那些事。军旅生涯，丰富了他们的回忆，充实着他们的人生。更重要的是他们还是当年的参战部队，这让他们的生命和生活更有了一层特殊的含义。他们互相打听某某战友的下落。一个个边喝酒，边掏出手机记录下战友的联系方式。张峻巍提议，咱们这些人曾经相聚，是一种无法忘却，也不能忘却的记忆，所以无论谁遇到了

困难，就提出来，其他人一定要鼎力相助。对这个提议，众战友无不鼓掌赞同。

他们不约而同地唱起了《战友之歌》。又唱起了最近在网上流传的《参战老兵之歌》：

我们是当年参战的老兵

我们冲锋陷阵杀敌立功

南疆沙场我们叱咤风云

万里边境有我们矫健身影

我们是当年参战的老兵

我们保家卫国不怕牺牲

硝烟远去我们怀念战友

木棉青松是战友们的英灵

老兵不老军魂永恒

青春不再依然血性

不后悔岁月的匆匆

甘愿奉献无悔今生

……

歌声让大家无不动容，个个都泪流满面。连服务员也被感染了。

2

吃完饭，他们出了酒店，张峻巍跟当地的一个战友王小林边谈边往外走。

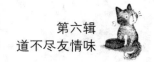

王小林见前面一辆车还有个空位，就上那辆车。他边上车边一指马路对面，对张峻巍说："那也是你们战友，你们一个营的。"张峻巍放眼过去，只看见一个蓬头垢面的乞丐，"你说什么？快下来给我说清楚！"说着就把已经迈上一条腿的王小林从车上拉了下来。

"你开玩笑吧？"张峻巍说道。王小林说这是真的。这时又有几个战友陆陆续续地走了过来，问怎么回事。当从王小林那里得知那个乞丐有可能是他们的战友时，大家谁也不相信。王小林看了一眼那个乞丐，指了指自己的头说："他这里有点问题。"

说话间，大家已经来到这个乞丐面前。这个乞丐在阳光的照耀下，一脸茫然，身上发出阵阵难闻的气味。张峻巍问你们有谁认识他？一个战友围着乞丐转了几圈，自言自语道："好像是侦察连的辛建武。""辛建武！"有人这样叫了一声，乞丐就转过脸来看着他们。大家都被震撼了，一个老兵马上就掏出手机向远方的一个战友求证。问侦察连是否有个辛建武。得到的是肯定的答复。

大家马上行动，有的到旁边的商店里给他买吃的，有的满含眼泪给他整理衣服。还有个老兵给他点燃了一根烟。大家围着他问这问他。但是辛建武只能用含混不清的语言进行回答，没人能听得懂。最后大家纷纷解囊，把钱塞进了辛建武的手里。

一直到晚上，大家都心情很沉重。吃过晚饭后，张峻巍和几个战友再次来到辛建武待的地方。只见他已经在一条人行道上睡着了，旁边摆放着一副很久没有洗过的碗筷，几件破烂不堪的衣服，让人非常心酸。他们轻声呼唤他的名字，他抬起头看着他们，神智有点清醒了，在夜幕的笼罩下，他们清楚地看见两行热泪从辛建武的脸上流下……战友们哽咽着说不出话来。

"从今晚开始一定不能再让他睡在大街上！"张峻巍坚定地说。大家点

头表示赞同。当即，他们兵分两路，一路带辛建武去洗澡吃饭，一路去找当地的领导。很快便从当地领导那里得知，辛建武本来就是个孤儿，婚后又因为家庭变故，受了刺激，所以变成这样了。领导表示会马上联系民政局，给老兵一个好的去处。

吃过饭的辛建武有了力气，也愿意跟大家交谈了。当大家唱起《战友之歌》时，辛建武再次流下了眼泪。一个老兵提到了他们排长的名字。辛建武一下子情绪激动起来，大家以为他想念战友了。可是他竟然许久安静不下来，嘴里嘟囔着，还双手比比划划，众人都莫名其妙。这时一个战友拿出随身带的笔和本子让他写，他写得歪歪扭扭，但是还能看出来内容：欠我四块。大家都哈哈大笑起来。张峻巍心里一动，如果假以时日，这位战友一定会好起来的。

一个老兵从兜里掏出来一张五十元的钱递过去，可是辛建武根本不接。无奈，这个老兵就装作跟排长联系，又借故到远处，过了一会儿，他手里拿着四块钱回来了，这下辛建武没有再拒绝，攥在手里，看了又看。大家这才释然了。

当晚，辛建武被民政的工作人员收留，工作人员承诺一定会把他的事情管到底。

3

战友的开业典礼办得很隆重也很顺利。细心的张峻巍还特意把辛建武也请到了现场，让他感受这热烈的氛围，也感受一下浓浓的战友情谊。但在吃饭的时候却不见他了。张峻巍连饭也吃不下了，叫上几个人去找，大家忙了好大一阵子。最后听说他回民政局了。

因为张峻巍还要到另一个城市去谈生意，所以不得不提前离开。临走，他叮嘱当地的战友一定多去看看辛建武。

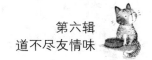

　　张峻巍开着自己的越野车出了市区，来到一个偏僻的地方。这里道路非常难走，他不得不放慢速度。前面两块巨石挡住了去路，他试了几次都不能绕过去，只好下车查看。可是脚刚刚落地，就被一件硬物抵住了后背。"识相的话，就老实点。"他心里一惊，知道是遇见了劫匪。于是慢慢回过头去，看见两个凶神恶煞的男子。"大哥，你们什么意思？咱不认识啊。"他说道。

　　"我们是不认识你，但认识你的钱。如果能给我们50万的话，绝对保证你毫发无损，否则，别怪我们不客气！"一个男子恶狠狠地说道。另一个则手脚麻利地给他戴上了手铐。他们把张峻巍押到路边的一棵大树下，让他赶紧给家人打电话。两个人晃着手里明光光的刀子，十分嚣张。张峻巍一时不知如何是好，过了好大会儿才冷静下来，心里思索着应对方案。但是一个歹徒已经收走了他的手机，调取里面的电话号码。另一个则狠狠地给了他一脚，让他老实点。

　　这时，他看见从后面的树林里悄悄走出来一个身影。他定眼一看，这不是辛建武吗，他怎么会在这里？只见辛建武两只手里各拿着一块砖头。张峻巍明白过来了，他这是在救自己。为了转移两个歹徒的注意力，张峻巍佯装难受，口里喊叫着。这时，辛建武已经到了两人的身后，手里的砖头猛然向一个歹徒头上拍去。一声惨叫，这个歹徒瘫倒在地上。另一个歹徒吓傻了，转身就跑，辛建武使劲抱住了他的腿，这个歹徒狗急跳墙，用刀子胡乱向辛建武腹部捅去。张峻巍飞脚踢向这个歹徒的脑门。歹徒应声倒在地上。

　　此时，民政所的领导和几个员工也赶来了。他们是一路跟着辛建武来的。张峻巍悲痛地大声叫道："快救辛建武，他受伤了！"大家把辛建武扶起来，他捂着自己的肚子，还在那里傻笑呢。

　　"伤到哪儿了？"可是怎么不像啊，连滴血都没有。几个人赶紧撕开他的衣服，只见肚子上缠着一块硬皮子。张峻巍乐了，眼泪都出来了："你啊你，

到底是干过侦察兵的，我服你了。"众人也都松了一口气。纷纷议论道："原来你不傻啊。那你从民政局里偷偷出来干啥，害得我们好找，要是找不到你，别说上级生气，就是你们这些战友也不乐意啊。"

张峻巍也百思不得其解，是啊，他怎么跑到这里来的？这时一个领导给出了答案。他说这几天他看见了自己的战友，内心非常感动。以前他整天在街上乞讨，肯定认识这两个小混混，或许发现他们对你进行跟踪，就在暗中保护你。张峻巍点了点头，据此联想到他今天去参加战友的开业典礼，或许就发现了这两个人，就提前离开了，应当是跟踪这两个家伙。当然这些都是自己的推理。但不管怎么说，老兵辛建武救了自己，否则还不一定会发生什么事情呢。

民政局的领导诉苦："辛建武两天跑出来了三回，我们都不知道该怎么做。"

张峻巍说："他在外面习惯了，肯定不适应里面的生活。这样吧，等我谈完这笔生意，会再回来的，我准备把他接到我那里，给他一份适宜的工作，同时让他好好调养调养。"

张峻巍握住辛建武的手，然后对他行了个军礼。辛建武也缓缓举起手来还礼。几十年了，老兵的军礼竟还如此标准。他们久久擎着手，眼泪在两人的脸上流淌。

真正的朋友

沈岳明

在初二（3）班，林子研无疑是一群男生的"头"，不仅因为他家境好，常有新款游戏机供大家玩，还因为他长得帅，那玉树临风的姿势，总是令人侧目，更重要的是，他的学习成绩还特别好。

虽然在同学中是"头"，但在老师眼里却是"刺"。林子研的成绩虽好，却不服管教，比如，学校三令五申，不准抽烟，但林子研却毫不理会，依然躲在宿舍，给一群男生分烟抽。

张默涵是个转校生，看他呆头呆脑的样子，还有一身皱巴巴的衣服，就知道他的家境不好。原本，林子研是没打算理他的，但转念一想，既然要当"头"，就得包容各色人等，于是主动邀请张默涵，加入自己的"团队"。

从张默涵那高兴的眼神中，林子研便看得出，自己对他的邀请，令张默涵受宠若惊。林子研得意地笑了，于是也给了张默涵和其他人一样的"待遇"，这个待遇就是，可以玩他的游戏机，可以吃他的零食，甚至可以跟他一起，在宿舍里偷偷地抽烟。

说起抽烟的事，林子研就会打心眼里想笑。因为张默涵怎么也不肯抽，林子研便命令"兄弟们"硬往他的嘴里塞烟。张默涵只抽了一口，便咳了好半天，还呛出了眼泪，那个滑稽相，令所有人捧腹不已。

林子研聚众抽烟的事，还是被老师发现了。并给予了所有参与过抽烟的人，

严重警告，特别给予"带头人"林子研，记大过一次的处罚。

林子研左想右想，也想不出老师是怎么发现的。莫非有人告密？林子研召集"兄弟们"，一定要找出那个告密者。就在这时，张默涵主动承认是他向老师告的密。

望着张默涵那呆头呆脑的样子，众人恨不得将他给吃了。特别是林子研，发誓再也不理张默涵了。从此，只要一看到形单影只的张默涵，大家就会远远地躲开。

那是一年一度的体育赛。当轮到1000米长跑赛时，林子研才发现，张默涵也报名参加了。当裁判的哨子一响，林子研便甩开双腿，奋力跑了起来。林子研很快便拉开了与众人的距离。张默涵也不甘示弱，紧紧地跟在林子研的身后，奋力跑着。林子研感觉到有人离自己很近了，忍不住偷偷地回头张望，一看，竟然又是张默涵。于是，气不打一处来，并决定趁机绊张默涵一跤。谁知，林子研没有绊倒张默涵，反倒让自己重重地摔倒在了地上。

张默涵刚刚超过林子研，便发现林子研摔倒了。于是，赶紧停下来，并背起林子研继续往前跑。眼看后面的人追上来了，张默涵一急，身上就像长了对翅膀一样，背着林子研就飞奔了起来。最后竟然成功地撞线了。

老师和同学们全都看傻了眼，都为张默涵背着一个人，还能跑第一名而欢呼起来。可是，当老师宣布张默涵获得了1000米长跑冠军时，张默涵却大声回应说，获得冠军的不是自己，而是林子研。

大家面面相觑，都以为张默涵背着个人跑步跑傻了。但张默涵的理由却让人们，特别是裁判没有话说了。张默涵说，虽然林子研是被自己背着跑的，但撞线的人却是林子研，比赛的规则是谁撞线，谁便是冠军。原来，大家都清楚地看到了那一幕，张默涵背着林子研迅速地跑向终点，在快到达终点时，张默涵向林子研大喊了一声"快撞线"，林子研毫不犹豫地用双手将线撞断了。

林子研就这样获得了本次比赛的冠军。

　　谁都清楚，林子研的冠军是靠张默涵得来的，林子研当然也明白。更让林子研内疚的是，他还试图绊倒张默涵。林子研的伤好后，第一个便是去找张默涵。张默涵不好意思地说："本来我早就想去看你，但又害怕你不理我。"林子研说："我还要感谢你呢，又怎么会不理你呢？"张默涵说："你抽烟的事，我告密了，对不起。"林子研说："你做得对，你才是我真正的朋友，在我做错了事时，揭发我，在我有困难时，帮助我。"说着，林子研紧紧地给了张默涵一个拥抱。从此，林子研解散了他的"团队"，他决定不再当"头"。

最珍贵的一课

周灵峰

在美国留学时曾发生一件令我终身难忘的事。

那是开学不久后的一次校留学生大联欢。组委会安排我作为来自祖国中部地区的代表表演黄梅戏。

踏着音乐的节拍，我一袭戏装登场。尽管底下坐着的是一群异域的校友，但从他们惊异的眼神中我看到了他们对中华文化的赞美和认同。一曲终罢，主持人用英语逐一解说。

我演唱的是现代黄梅戏《未了情》中一个唱段。这部戏讲述的是青年女教师陆云在得知自己身患绝症后用生命的最后一丝余热完成拨启愚鲁憨哥的灵智，唤醒迷途俏妹的良知，点燃逃学佳佳的希望，抚慰恋人心磊的伤怀等一系列未了之情的故事。

谁知主持人刚介绍完，台下一位金发碧眼的美国女孩忽然跑了上来，用英语大声说："主持人，我觉得这位同学应该为刚才的表演道歉。"主持人略一迟疑接着笑容可掬地问为什么。女孩一脸真诚地说："如果不听你刚才的介绍，我根本不知道这位同学演唱的是什么，经你一讲我明白了。原来你们是在表演一位身患绝症不久即永别人世的女孩，你们这样做太残忍了。"

我顿时哑口无言，好半天才用生硬的英语向她解释："这个情节是虚构的，其意义在于用这些事来烘托主人公的人格高度和精神魅力。"女孩仍是一脸

愠色，坚持要我道歉。主持人多次调解均宣告失败，最后只得无可奈何地摊开手耸耸肩让我自行决定。

眼看演出进行不下去了，主办方十分着急，总负责人只得央我入乡随俗便宜行事。我哭笑不得地对着台下道了歉，但在心里一万个不乐意。

之后，但凡留学生联谊会的活动我都极少参加，即便是参加也不再登台。

一次活动结束，我正在清理会场，忽然有人找我。我一眼就认出来人正是那次在舞台上羞辱我的女孩。她一见我立即笑容满面，接着问我认不认识她。我点点头，她眼神中顿时掠过一丝惊喜，接着对我说："对不起，上次联欢会上我不该搅乱了活动和对你发火。我不该忽视了你为此所付出的努力。"我顿时心中一软，积压了近一个学期的怨恨在这一刻瞬间消融瓦解。于是情不自禁地说道："谢谢你那天给我上了一课，至少让我懂得任何一门艺术必须为人民服务，如果单纯用别人的伤痛和不幸，来规范和引导某种出于人类美德的认同，那其实是对受众双方来说是最直接也是最深程度的伤害和践踏。"她顿时眉开眼笑，飞快地在我额头吻了一下，接着说："我希望还能再在学生联谊会上看到你的节目。"我真诚地向她道了谢，最后她送给我一块象征美国的自由女神吊坠。

此后，只要学校有活动我必定踊跃参加。重新走上舞台，每一次面对台下无数的喝彩和掌声我都极力提醒自己：尊重和被尊重是人与人之间交往的基石，任何人任何时候都不可随意践踏。我坚信台下人头攒动的观众当中一定有她挑剔鼓励的眼神与我同在。

这就是我在美国留学时所经历的最珍贵的一课。

七月情思

朱向青

年年七月，岁岁七月。

犹记得那一年潇湘烟雨，青山滴黛，碧水流淙……

犹记得那一年齐鲁大地，淡月疏星，灯暗人静……

2007年的湘西之行和2008年的齐鲁之旅似乎总是在雨声中行进，眼前是曲阜淅沥的夜雨，偶尔有车在水声灯影里哗哗地驰过；耳畔是沱江细切的涛音，黄龙洞的瀑流，芙蓉镇的溪桥，像一幅幅烟雨蒙蒙的梦境。7月，我的记忆里就总飘洒着一些多情的雨丝。

画帘慢慢地拉开，又现出那年的七月，我们一行人，来自天南地北，因为喜爱的语文教学工作相聚在一起，又相约走在北京的长街。天坛公园里晨雾笼罩着的青草尖上的露水打湿了我们的脚面，颐和园烟波万顷的湖面上纷飞的燕子牵动了我们的视线……曙色未露，我们就已来到天安门前，和如织的游人挤在一起，静待广场里那面鲜红的国旗肃穆地升起；夜色渐浓，我们又就着朦胧的灯笼，踩着那些细碎的澄色的灯花，绕开转转角角的人群，来到十字街头，偶尔像小孩子一样坐在街角的铁栏杆上，惬意地看着来来往往的车辆和人流。市嚣渐渐地稀薄了，空气里却多了一些紫色的尘雾，那一路晶亮的街灯在尘雾中变得迷离斑斓，闪着灯光的一辆辆汽车从远方缓缓驶来，就像游走在灯河光影里的宝石一般……我们深深地被北京的夜色感动，为曾

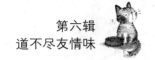

拥有的七月而幸福，我们默默祈祷，来年七月，在未知的某地，我们依然能够相聚。

生命里总是有所期待，是一件多么美好的事！在流逝的光阴里，在庸常的岁月中，我常常感念这一切带给我的思悟，一月一日，走在晴阳下，看那些蒙着尘迹的泛黄的店铺的招牌，在阳光下透着沧桑的味道，从空气中缥缈而来的是隐约不定的几丝浪漫，仿佛就依恋着这样的沧桑，甘心老去……旧日的一切却蓦地涌上心来，啊，北京，北京，你是昔日皇城的北京吗？你是现代都市的北京吗？你是万众瞩目的北京吗？不，都不是，在我眼里，你是柔情万种的北京，你是烟花千幻的北京，你是平凡的人间的低调且亲切的北京！

七月了，你用你的絮语将我再次羽化成碧天里的一丝浮云，飘悠至白浪滔天的秦皇岛海滨，仿佛又见着了那天初到北戴河登上轮渡的情形：甲板上，猎猎旌旗迎风招展，我们拥向船舷听那激荡的涛声，海鸥在我们的头顶上优美的召唤，偶尔，不紧不慢的海风却将浪涛攒聚起来，又把它们揉碎成无数细小的"银花"，低头看，这些花朵就在我们的脚下，轻轻地舐舔着白色的船沿……

望着旷远的蓝天和蓝天映衬下那一丛细密的树枝，心里忽然变得异常柔和。那是一团包裹着沉静的柔和，像是穿越了纷繁夏日之后，来此歇足的一次缠绵，令人痴念。此时此刻，我真想把我的笔迹当作我的脚印，重又游走于那属于我们的光阴：

浪淘沙·北戴河

灯火初上时，相约酒肆。皆云相聚不容易，举斛相劝言嘘唏。别情难已。

曲终宴罢去，残夜漏止。驿馆窗冷人独立，犹忆斯人燕关语，梦落河西。

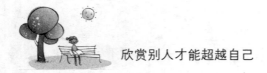

温暖

朱向青

春到了，大地渐渐地暖和了，苏醒了。

走在清冷的街，却觉得三四月的天，还夹着些冬末的凉气，尤其早上，出门须得带了件外套同去。渐渐地上班晨练的多了，城市的十字路口，红绿灯交替闪烁，形形色色的路人及各式车辆在身旁穿梭而过，想起江西卫视《杂志人生》栏目曾播出的一条消息，心生暖意：一个盲人小伙子上了的哥马志刚的的士，下车时马志刚师傅不收费，小伙子坚持要给，两人争了一番。老马急了，说，我挣钱比你容易点啊。又一个乘客知道了这事，下车时，把盲小伙子的车费也一并付了，也说的那句：我挣钱也比您容易点啊。过后马志刚的女儿小马在微博里随手写下"老爸跑车录"，一时成为热门话题，40个小时内被转发数万次，众人纷纷感叹："这种微博看着就暖和。""又开始相信这个世界了。"

是的，每天，这个世界都在上演着一幕幕悲或欢的剧目，春光中，风已翩翩拉开了千家万户新一轮故事的序幕。

又是一出暖人的喜剧。周日，去了一趟银行，几台自动机前，依然如平时一样挤得满满，挑了人少的一队排上。门外晃进了一个小青年，花衬衫，挺时尚，在银行里转来转去，不由生出防备，看他站到了左边的队，才放下心来。眼看着排在我前面的几个磨磨蹭蹭，反而是旁边的那台自动机前，人

一个接一个，存钱取钱，很快办好了离开，很快轮到那小青年。

小青年只要上前一步，取款机即在眼前。这让还在不耐等着的我既悔又羡，早知道排那队就好了！也许我的焦急写在了脸上，那青年不进反退，让出前面一大空位示意我过去，似乎还很绅士地做了个弯腰邀请的姿势，我有点意外，不敢正眼看他，只略略点头，很快过去，很快出来，为自己胡乱猜疑人家而惭愧，却又一次温暖不已。

平平淡淡的生活中处处充满了这种不经意的欣喜。春天的脚步，已经悄悄地为我们带来了暖融的气息。

前几天，去医院参加单位例行体检。在一群白大褂和白色的墙壁之间，忽地感到了一种静寂的冰冷。每个人，无论你职位高低年龄大小，到这里都变成了一个符号。3号，到你了。下一个，4号。你向医生诉说着你以为大得不得了的病痛，医生温和地笑着，细心或随意地说几句，匆匆又走了。

生老病死，在医生那早已司空见惯，人似乎就是一部机器，一部他们眼睛看过去由五官、心脏、手脚等组合而成的机器，只要还动还走，就不成问题。也许只有当这部机器老化了，就要轰然倒塌，医生才会全力以赴如临大敌。毕竟，救死扶伤是他们的天职，只是久了，会有点麻木，会不自觉疏忽。所以，我就安之若素地把自己当成了一部机器，在X光B超各科间转来转去。然而我还是看到了人，看到了人与人。一个女儿，搀着她的老母亲（也许是婆婆）过来了，要打针。老人很瘦小，佝偻着身子，看起来像个小孩，脾气也像，到了门口，迟疑着，执拗着不进去。

女儿像哄孩子似的低声说，妈，不要紧，一下就好了。也许，她想到了自己小时候，妈妈也是这么哄自己，所以，一遍遍，不厌其烦地。老人终于坐在了医生面前，人瘦小，穿得多，背又驼，很困难地要把胳膊抬到桌面上，在她面前的那位中年女医生起身，从靠墙柜子里取出一个小枕头，似乎是自

己休息用的，细心地塞到了老人身下，稍稍垫高，成了。那一刹那，我相信医生把病人当成了她的亲人。

人与人，真是可以，也需要相互取暖的。辗转于那群白大褂和白色的墙壁之间，不再感觉冷冰冰，眼前一片春光灿烂了起来。

那些生命中温暖而美好的事，原本就在人群里，并非遥不可及。当第一枝花报春的时候，我们会惊讶春来了。当所有的花都开了，春天也就绚丽而又平淡了。春天就和平常一样，天天都来了，花，满满地静静地开在了心上。

春，真的已经来了！

刺桐花谢了，刺桐花开了

朱向青

刺桐花谢了，刺桐花开了。

我的老师却永远地走了。

那天，目送着灵车在眼前缓缓驶过，仿佛又听到老师亲切温和的声音。

"你要多写……"医院里，病榻上的老师用微弱的声音含糊而又反复地说着。说这些话的时候，他已经几乎不能吃下任何东西了，只能靠打点滴支撑。看着老师熟悉而又陌生的面容，心里一阵钝痛，仅仅两个月，老师就消瘦成了这副模样。

两个月前，和几个同学去探望高中班主任陈自强老师，老师刚动过两次大手术，化疗后头发稀稀疏疏，视力也受了影响，右眼基本不能视物，却还是一样温和，微笑。他从书房里拿出几本刚出版的新书《〈泉漳集〉续篇》送给我们，说，和之前那本《泉漳集》一样，专门收集1980年代以来陆续发表在报刊上的闽南历史文化论文。老师是泉州市鲤城区人，后到漳州一中任教，至退休，一直未改挚爱故地的情怀，为此写下《吾之小学》系列，深切追忆几十年前就读的泉州聚宝街求德小学。记得高中时有一年暑假，老师把我们全班都带去泉州，借了一所中学里的两间大教室，把课桌拼成一张大床，全班一字排开睡通铺。那几天老师带我们参观开元寺，看东西两塔，登清源大山……历数泉州的点点滴滴，让我们这群小青年第一次见识到泉州这个开

满刺桐花的古城的博大和美丽。

老师如此热爱闽南厦漳泉几地，延至海洋的文化，之后，又相继写下《漳州古代海外交通与海洋文化》《明清时期闽南海洋文化概论》等书。专家盛赞，近年来关于闽南海洋文化的研究罕见，而先生的这几本专著，"就填补了这一空白"。老师却始终是温和谦逊的，那天去老师家里探望他，尽管术后喉咙有些沙哑，临走时老师仍像每次见我一样，反复叮嘱："你要多写……"

该对老师说什么呢？又忆起这样的一幕场景：高二那年运动会我因胆小执意不参加，老师把我叫到教室外，我低着头准备挨训，他却慢慢地开了口："没关系，不跑，你就为班级写宣传稿吧。"抬起头，老师眼镜后透出温和的笑意。我无法言语。多少年了，总是记住那个走廊，那个我面对老师的微笑却不能说一句话的情景。它让我看到了自己的懦弱。又是多年后，在班级同学的聚会中知道陈老师身患重病，却始终笑对病魔。十年间，用四本著作近百万言，堆垒出了一个闽南学者生命的厚度。树身高大挺拔，花朵绚烂艳丽，在亚热带的土地上生生不息，刺桐花要传达的不也是这样的坚贞不屈吗？我想，该对老师说点什么了。那年，我也当了教师，学校也开运动会，我终于又换上运动服，穿上跑鞋，意气风发地站在了教师接力赛的队列……

刺桐花谢了，刺桐花开了，总是这样完成了它的使命，毫无遗憾地回归自然，继续它的生命历程。一切是那么自然而然地从无到有，从有到无，从凋谢到新生。消逝并不是终结，而是超越，走向下一程。

在这个刺桐花又要开满的时节，我该做些什么呢？唯有记住老师的叮嘱："珍惜一切，努力多写、多听！听到了吗？"刺桐花谢了，刺桐花开了，花开花落的声音，年年是那样温和，蓬勃，宁静。

同桌的秘密

芝墨

同桌王卓性情大变，不再看武侠小说，也不再玩电脑游戏了。杨晨细心观察，步步推理，誓要挖掘出王卓的秘密。

1

杨晨观察王卓已经好多天了，他越来越觉得王卓不正常。

杨晨是从哪些方面看出来的呢？具体有三点，如下：

第一，王卓以前不爱听课，每次上课要么做小动作，要么埋头看武侠小说。可是现在，王卓居然做起笔记来了。

第二，王卓以前从来不去图书馆，顶多去阅览室看看青春杂志。可是现在，他居然可以泡在图书馆里两三个小时，而且，看的是专业书籍，不是八卦报纸。

第三，王卓以前喜欢玩电脑游戏，一玩就是几个小时，什么练级啊，装备啊，侃侃而谈。可是，现在，当杨晨问他最近怎么不玩游戏的时候，王卓理也没理他。

好吧！是咱多管闲事了。据此，杨晨断定，王卓思想短路了，要不，他怎么突然间换了一副性子了呢？

一天，课间休息的时候，王卓向杨晨请教数学题目，杨晨趁机打听："王卓啊，你最近是不是遇到什么事情了？"

王卓愣了一下，摇头："没事。"

可疑！绝对是可疑的态度。瞧，王卓的耳朵都红了，这是撒谎的标志。

为了进一步挖掘出令王卓性情大变的原因，杨晨特地看了两集《大侦探夏洛克》，可是，杨晨并没有夏洛克那样犀利的眼神，辨别不出来王卓的疑点。

面对同桌的困惑，王卓保持着沉默。

总有一些理由是不便言说的。杨晨这样想着，便也不再提起这个话题了。然而，嘴上虽然不说，心里却一直惦记着要解开这个秘密。

2

王卓利用双休日打工的事情，杨晨是偶然间知道的。

那天，杨晨去一家小面馆里吃面，端面上来的伙计就是王卓。

杨晨愣了一下，王卓也有些惊讶。

"你怎么在这里？"杨晨问他。

"一会儿跟你说。"王卓抛下这么一句，匆匆地去招呼别的客人了。

杨晨慢悠悠地吃完面，还是没有等到王卓。问了一下，原来王卓在厨房里刷碗。

杨晨站在厨房门口，犹豫着要不要去跟王卓打声招呼，王卓刷碗的姿势很熟练，很显然，他并不是第一天干这份活计了。

王卓一转头，看见了杨晨，赶紧道歉："对不起啊，杨晨，我现在很忙，等有空再去找你好不好？"

杨晨走过去，卷起袖子，帮着王卓一起洗碗。

王卓连忙阻止他，可是，杨晨的手已经沾上了油腥和洗洁精的泡沫。

"其实，你不必这样做。"王卓说，"这样，我会过意不去的。"

"这有什么过意不去的呀，我们可是上幼儿园的第一天就打架的好朋友啊。"杨晨说。

"你还记得这么久远的事情啊？"王卓呵呵地笑，"看来我打你那一拳让你印象深刻。"

"何止深刻啊。"回想当年，杨晨仍然咬牙切齿，"那简直就是惊天地泣鬼神的深刻。"

因为上幼儿园的第一天就被打趴下，使得彼时尚且年幼的杨晨有很长一段时间都对幼儿园反感。

可是，渐渐地，杨晨发现王卓除了调皮一点，心地其实蛮善良的。比如小学一年级的时候，自己忘记带文具盒，是王卓慷慨地支援了他一整天。再比如小学五年级的时候，自己突然肚子痛，是王卓背着自己跑进了医务室。

现在上初中了，还幸运地成了同桌。这样的缘分，岂一个'深刻'可以形容？

3

杨晨远远地看见王卓和隔壁班的女生站在一起说着什么，他恍然大悟："原来如此。"

在图书馆里找到王卓，杨晨递了张纸条过去。

我知道你的秘密了。

王卓的回条立即传过来了。

秘密？

对于王卓的不诚实，杨晨直翻白眼。

就是你和隔壁班王某某嘛。

这回，王卓的回条干净利落，只有一个问号。

放心好了，我不会说出去的。

什么跟什么？

真不诚实！

不知道你在说什么。如果没事，别打扰我看书啊。

杨晨摇摇头，鄙夷地看了王卓一眼，心里暗道：胆小鬼。

不承认？好，本人另有办法。这天放学，杨晨当起了私人侦探，一路尾随王卓和那个女生，一直到了女生家的楼下。

"这哥们儿，不会见家长去了吧？"杨晨仰着头，听见门打开的声音，他估计着，应该是三楼或者四楼吧。杨晨嘀咕："真不厚道，怎么两手空空地去了啊？"

片刻之后，就见王卓提着一个大袋子从楼上下来了。他见到杨晨，愣了一下："杨晨？这么巧？"

"是啊，好巧。"杨晨尴尬地揪头发，"呃，我在散步。"

"你还不如说自己迷路了呢。"王卓并不笨，看到杨晨吞吞吐吐的模样，已经猜到了他'跟屁虫'般的本质，"喂，好重，帮我抬。"

"这是什么？"果然很重。杨晨照着麻袋里凸出的形状猜测，"是书？"

"对啦，要不然你以为是什么？"

"为什么要拿这么多书？"杨晨越来越困惑，觉得自己越来越看不懂王卓了。

王卓说："去卖掉啊，旧物回收嘛。"

杨晨傻眼了，综合王卓近期的表现，他总结出了一条信息——王卓缺钱。

4

关于王卓的家庭，杨晨是知道一些的。爸爸很早以前就过世了，妈妈一个人含辛茹苦地将王卓拉扯大，其中的不易可想而知。

上小学的时候，王卓还算听话。可是自从上了初中，王卓迷上电玩和武侠，只要一有空，就扑身其上，废寝忘食。第一次月考的时候，底子尚且凑合的

王卓成绩平平。第二次月考的时候，王卓的成绩处于中下水平。期中考试的时候，王卓直接垫底了。

然后，王卓一直在底部徘徊，丢了上进之心。被老师无视，被同学嘲笑，王卓依然如故，上课看武侠小说，下课睡觉，放学之后先去打电脑游戏，再慢吞吞地回家。

因为这个不省心的儿子，王卓的妈妈没有少来学校。打也打过了，骂也骂过了，丝毫不起作用。后来，王妈妈索性用起了怀柔政策，好吃好喝地给伺候着，期待着王卓能够改邪归正，重新找到人生的方向。

讲述自己的故事，王卓泪已决堤："杨晨，你说我妈有我这么个倒霉儿子，她多委屈啊。"

杨晨在一旁点头。

王卓说："有一天，我打完游戏回到家已经是晚上七点了，我妈没有骂我，也没有打我，只是悄悄地给我端上了一份排骨。排骨不多，五六块的样子，我以为我妈吃过了，就全吃了。可是后来，我看见她偷偷地躲在厨房里啃骨头。杨晨，你有没有过瞬间掉眼泪的经历？"

杨晨摇头。

"那天，当我看着我妈越来越清瘦的背影，我的眼泪瞬间就掉下来了。"王卓说着，眼眶渐渐地湿润了。

那天，王卓什么话也没有说，只是躲在床上，深深地思考起人生的意义来。那个晚上，王卓因为愧疚而失眠。然后第二天，对着清冷的晨光起誓，从此改变自己，做一个不让妈妈操心的乖儿子。

5

终于知道了王卓的秘密，却不是杨晨最初以为的模样。不过，这个秘密令他很惊讶，很感动。他轻拍王卓的肩膀，转移话题："昨天那份练习卷上

最后一道题目是怎么解的？"

"哪道题？"

"就是最后那道附加题啊。"

"哦，那道题啊……"

有些秘密，它长着翅膀，闪着金光，改变着生活轨迹，亦是督促守秘人前进的动力。

民工女儿的红薯干

王欣

晚饭后，我常带着刚上小学的女儿去小区广场。我散步，她玩耍。

那天晚上，她突然悻悻地问我："那个小姐姐怎么还没来呀？"我愣了愣，一时想不起来。

她缩紧了眉头，歪着小脑袋说："哎呀，就是喜欢和我一起玩滑板车的那个啊！"

哦，前一段时间，确有一个小女孩，常和女儿在这里玩滑板车，小女孩与我女儿年龄相仿，衣着不太讲究，马尾辫很随意地扎着，有些乱。印象中，女儿以往曾只言片语地讲起过那个小女孩，说女孩没有妈妈，好像还得了啥病，一直由她父亲打工挣钱，帮她治病。

我边回想着边回答女儿说："我怎么知道啊，说不准跟她爸爸去其他城市了呗！"女儿很不屑地白我一眼，不再搭腔。

十几天后的一个晚上，我们刚要离开小广场，身后有人喊道："大哥，等一下！"我转过身，一位个头不高的男子向我快步走来，他穿了一件土黄色的夹克工作服，一手拎着蛇皮袋，一手还拉着一个小孩。

我还没看清对方的相貌，眼尖的女儿竟兴奋地冒出一句："嗯？是小姐姐！"

走近了，确实是那个小女孩，她竟不停地抹着泪。男子强笑着，说："大

哥，不好意思，上次俺把她送回老家，返回时，她一定要俺把这些红薯干捎给小妹妹……她把小妹妹的模样描述了半天，可俺来了，咋也认不出……这不，为了接着给她瞧病，又把她接来了，她一看见红薯干还没送，就闹腾起来了，她说答应了小妹妹的……刚才她老远看到你家女儿，就跑回去，催俺快送来……"

女儿已走到那个小女孩身边，拉起了她的手。而我却云里雾里，摸不到头脑。我不由责怪女儿："怎么向小姐姐乱要东西呀？"女儿竟理直气壮地回答道："我喜欢吃红薯干嘛！"

男子把小蛇皮袋硬塞到我手里，说："挺好吃的，尝尝吧，俺家晒的。"盛情难却，我只好连声道着谢，接过来。

准备告辞时，女儿对小女孩说："小姐姐，明天晚上出来玩噢，我带上滑板车！"小女孩擦干眼泪，笑了，使劲点点头。

返回的路上，我责怪女儿："你怎么管人家要红薯干？想吃，爸爸带你去超市买呀！"

女儿说："我没有要，是她想玩我的滑板车！"

我不高兴了："她想玩，你就给她玩嘛！"

女儿撅起小嘴："我给她玩的呀，可她不肯，她说她老家的红薯干最好吃，她要和我交换……我不要她的红薯干，她就不肯玩我的滑板车……"女儿嘟哝着，似乎有些委屈，"我看她挺可怜，又特别想玩我的滑板车，就答应了……"最后女儿又提高了嗓门，反复强调说，"爸，我真没有向她要红薯干！"似乎深怕我还会怪罪她。

拎着沉甸甸的小蛇皮袋，听着女儿认真的述说，再想想女孩擦干眼泪露出的甜甜笑靥，我轻轻地摸摸女儿的小脑袋，我想我不会责怪她了，一个滑板车，一袋红薯干，让我看到了两颗小小的童心，是那样真诚、善良、守信而又美丽！想到这些，我心头不由升腾起一股浓浓的暖意。